岛田庄司作品

被诅咒的木乃伊

漱石と伦敦ミイラ殺人事件

〔日〕岛田庄司 著

文豪 译

人民文学出版社
PEOPLE'S LITERATURE PUBLISHING HOUSE

著作权合同登记号　图字 01-2023-4050 号

SOUSEKI TO RONDON MIIRA SATSUJINJIKEN
Copyright © Soji Shimada, 1984
Original Japanese edition published by Kobunsha Co., Ltd.
Publishing rights for Simplified Chinese character arranged with Kobunsha Co., Ltd.
Through KODANSHA LTD, Tokyo and KODANSHA BEIJING CULTURE LTD. Beijing, China.
All rights reserved.

图书在版编目(CIP)数据

被诅咒的木乃伊/(日)岛田庄司著;文豪译.—北京:人民文学出版社,2024
(岛田庄司作品)
ISBN 978-7-02-018317-3

Ⅰ.①被… Ⅱ.①岛…②文… Ⅲ.①长篇小说-日本-现代 Ⅳ.①I313.45

中国国家版本馆 CIP 数据核字(2023)第 204262 号

| 责任编辑 | 胡司棋　张玉贞 |
| 封面设计 | 钱　珺 |

出版发行	人民文学出版社
社　　址	北京市朝内大街 166 号
邮政编码	100705

| 印　　刷 | 山东新华印务有限公司 |
| 经　　销 | 全国新华书店等 |

字　　数	122 千字
开　　本	850 毫米×1168 毫米　1/32
印　　张	7.25
版　　次	2024 年 1 月北京第 1 版
印　　次	2024 年 1 月第 1 次印刷

| 书　　号 | 978-7-02-018317-3 |
| 定　　价 | 55.00 元 |

如有印装质量问题,请与本社图书销售中心调换。电话:010-65233595

谨以此书献给——
夏洛克·福尔摩斯、皮克洛克·福尔摩斯，
还有鲁福克·福尔摩斯和斯蒂特利·福尔摩斯，
以及
世上所有的福尔摩斯迷。

前言

目前发表于世的《夏洛克·福尔摩斯探案集》长短篇恰好共计六十篇，而除此之外，世上估计还存在尚未发表的华生手稿。

不出所料，一九八四年四月一日，在位于伦敦的 M. 派森氏宅邸的仓库中，发现了一份疑似华生氏未发表的原稿，对此我至今记忆犹新。而 M. 派森正是一九〇〇年查令十字街诺克斯银行行长 K. 派森的孙子。

笔者从伦敦一位尊贵的老相识那里得到了这些有趣的原稿，并有幸获得一个光荣的机会，将华生氏未发表的原稿同收藏于东京国会图书馆的夏目漱石所著的《伦敦纪要》一并在此正式发表。因此，无论是对于漱石研究者、福尔摩斯研究者，还是对于英国文学史和西欧历史感兴趣的人们来说，本书可谓梦寐以求的珍贵资料，可以预料它必将长久地流传于世。最好是每户人家备好一册。

而且，鉴于本书中所写全是事实，建议参加升学考试的学生也读一读。不过，为了便于年轻读者阅读，本书将漱石手稿中的旧假名用法改为新假名用法，也将一部分汉字改为平假名。

据史料记载，夏目漱石（当时的名字是金之助）从公元一九〇〇年（明治三十三年）开始在英国留学两年，每周二都会去贝克街学习莎士比亚。而且，他不知为何心烦意乱，终日郁郁寡欢、莫名恐惧，辗转于整个伦敦，频繁更换住处。更有甚者，他常常在房间里独自流泪，还患上精神疾病，甚至连回国的轮船都置之不顾。本书还写明了至今未公开的漱石那般古怪行为的缘由。

如果有历史学家主张，这样一位心事重重、每周都去贝克街的伦敦市民，并不会与同年因"六座拿破仑半身像"事件而扬名立万的夏洛克·福尔摩斯进行商谈，那才应该说是脱离了常规。

笔者很早以前就认为漱石旅居伦敦时期与福尔摩斯有过交集，由于一九八四发现的手稿资料，自己的主张得以证实，我感到极为满足。

另外，根据本文的主人公漱石方面的手稿，读者们将会得知一个意外的真相——关于贝克街一带的近邻是如何对待那位后世以超人之名而闻名的福尔摩斯先生的。

不过，关于这一点，即使有人推断漱石是因为在初次会面时受到了福尔摩斯的无情嘲弄并对此耿耿于怀，所以至少在其手稿的前半部分把福尔摩斯描绘成了一个比现实稍微散漫、任性的人物，那也是诸位读者的自由。

1

我曾经远渡重洋,赴英国留学,在那里生活了大约两年时间。

明治三十三年十月二十八日星期日,在巴黎与藤代祯辅、芳贺矢一等留德学生一行告别后,我怀着不安的心情,孤身一人横渡英法海峡。途经陌生的土地,我终于在下午七时左右抵达伦敦。

那是极其寒冷的一年,我至今仍记忆犹新。时值北国的晚秋,夕阳已西下。整条街仿佛正在举办晚宴似的热闹非凡,头戴大礼帽的男士们往来如梭,车轮轰鸣的双轮马车呼啸而过。

初来乍到时,我看到当地人都戴着大礼帽,感到无比惊讶。从贵族到扫烟囱的清洁工人,甚至有一次在后街向我讨要一便士的乞丐都戴着大礼帽。

女士们喜欢戴如托载着军舰一般装饰繁多、看起来很重的帽子,身穿几乎拖地的长裙。还有的女士脸前垂挂着丝网,简直就像角兵卫狮子。起初我以为那是驱蚊用的蚊帐之类的东西,但并非如此,那其实是时下的流行装扮。

伦敦的雾也同样令人惊讶，比传闻中还要浓重。仅一条马路之隔，就已经看不清对面的情况了。我未曾想过这里的雾竟如浓烟一般。站在维多利亚车站内，被煤气灯照得微亮的屋檐下，只见一股股浓雾不断往里灌入。

我一到高尔街的出租屋，便卸下行李，如同来自东方乡下的土包子，借助地图把伦敦的名胜古迹挨个转了个遍。

在那片土地上，我深切感受到的是自己个子矮小得像畸形儿，皮肤也黄得出奇。虽说黄种人的皮肤生来就是黄色的，但在此地生活后，就会对自己的黄皮肤感到不可思议。

最让我难以忍受的是个子矮这一点。在这个国家，就连女人也鲜有比我矮的。男人们更是高大魁梧，给人的印象宛如他们的脑袋顶在二楼一样。和他们擦肩而过时，我仿佛是在屋檐下偷偷摸摸地行走。

每当看到迎面走来一个小个子男士，我总会暗自期待：那个人的话应该比我矮吧。但走近一看，发现对方仍然比我高大。走在伦敦的路上，不知不觉间满脑子都在想这件事。然后，这一次总算遇到一个滑稽的矮子，心想这个人肯定比我矮。于是我奋勇上前靠近对方，结果发现那是映在玻璃上的自己。

因此，当我来到这里时，比起现代文明或者其他某些方面，我更难忍受在身高方面低人一等。我实在不想与满街的彪形大汉为伍，甚至打算尽量避免外出。来到这样一个净是高个子的国家，身材矮小确实令人痛苦不堪，我有生以来第一次尝到这种滋味。

我很快搬出了高尔街的出租屋，因为这里的住宿费贵得惊人，折合成日元每周四十日元以上。在东京别说一个月的住宿费，四十日元相当于一个大男人两个月的工资，而在伦敦仅一周就花光了。在西方国家花钱相当费神，但不管怎么说这都过于昂贵。我需要尽快找到一个更便宜的住处。

我决定租下的第二个房间位于伦敦北部西汉普斯特德普利奥里路的一处高地。那是一栋树丛环绕、风格雅致的独栋红砖高楼。不过住宿费是每周两英镑，差不多合二十四日元。尽管比高尔街那一间便宜许多，但仍然很贵。

因为很喜欢房子的外观，我决定立刻租下。然而，当我刚把行李搬入分配给我的房间时，马上产生了后悔的念头，总觉得整间屋子莫名阴森。

首先，女房东脸色阴沉，双眼深陷，鼻梁凹塌，乍一看很难判断她的大致年龄。几乎很少见她露出笑容，就整体印象而言，感觉像是龙安寺庭院中的镇座之石。

还有一个十三四岁的小姑娘艾格妮丝在家里干活,她比女房东更加阴郁。她总是脸色苍白,用枯枝般瘦弱的胳膊拖运着沉重的煤炭桶。我从未见过这姑娘的笑脸。

十一月十二日星期一,我搬到普利奥里路的出租屋安顿下来。第二天早餐时分,我看见窗外竟然飘着雪,便惊讶地指着窗外问房东:"那是什么?"

"是雪吧,因为看起来不像盐。"房东说着,啃了一口吐司。

那是一座令人沮丧消沉的屋子,只有那位偶尔出现、看起来像是房东丈夫的四十岁左右的男士气色很好,很有亲和力。

我记得大概是在十二月二日,那是一个寒冷的早晨。三天前刚下过雪,窗外处处可见残留的积雪。我被叫起来吃早餐,下楼去到大厅时,那位男士正在看报。

男房东注意到我的到来,便抬起涨红的脸问:"你能看懂报纸吗?"

我点点头,说当然可以。他指着翻开的《每日电讯报》的广告栏,说看看这则广告吧。只见那里写着如下一段文字:

致昨天在尤斯顿车站晕倒的女士:我是那个把你抱起来的人,但从那时起我的假牙就不见了。如果是您不小心拿走，请尽快告知我，等候您的来电……

读罢，我也笑出声来。

"如何？这则广告很奇怪吧！"男房东得意地说，"那位男士到底是怎么抱起那位女士的呢？这些'三行'广告每天早上都会给我带来乐趣，今天这一则尤为特别。这会儿那位男士肯定在焦急等待，连早餐都没法吃，毕竟他弄丢了假牙啊！"说完他又笑了一阵，然后问我："怎么样，贵国的报纸也会刊登这样的广告吗？"

我回答说并非如此，我国报纸上登载的是更加无聊的内容。

"那太可怜了！我国的报纸即使想要变得枯燥无趣也很难办到，比如旁边这则广告就更古怪了。"

说着，他读出下面的内容。

"诸如此类：'征求瘦削的红色胡子绅士'或'身材越瘦越好'，又说'我方准备支付二百英镑招聘身高五英尺[①]九英寸[②]左右，具有表演经验或对演技有自信的三十多岁的绅士'。这家伙可真够阔绰的！夏目先生，二百英镑哦！"

之后，我明明没有询问，他却开始吹嘘起自己学生时代的戏剧爱好。我有点儿不耐烦，之后便不

---

①② 均为英美制长度单位。1英尺等于30.48厘米；1英寸等于2.54厘米。

再细听。

  我终于开始适应异国生活，然而那天晚上发生了一件事，一下子摧毁了我的安全感。

  黑暗中，我忽然睁眼，从枕头底下拿出镍制手表一看，才十点多。天黑以后，我伏案写作很久之后才上床睡觉，还以为现在早已过了半夜，没想到才十点多。这里的冬天给人一种整天都是黑夜的印象。

  我忘记拉上窗帘。飘窗外面的漆黑夜幕下，树梢窸窣作响，远处传来野狗的吠叫。

  就在我昏昏沉沉的时候，好像听到了奇怪的声音。"啪"的一声，像是什么东西爆裂的声音。我侧耳细听，隔了很长一段时间，又发出一两声。一开始声音很小，后来越来越大声。在这鸦雀无声的深夜，诡异的声音不一会儿就响彻整个房间。我的内心再也无法保持平静。究竟是什么声音呢？我单手撑在床上略微起身。

  当然什么也看不见。我毫无头绪，全然不知声音的来源。窗外依然是一片冰冷的黑暗，只有不时传来的狗吠声。

  过了一会儿，声音消失了。那之后我长时间保持着这个姿势，渐渐觉得荒唐可笑，随后便沉沉睡去。

  那天晚上就这样过去了，但后来我也经常听见那诡异的声音。虽不是每晚都出现，但几乎隔夜就能听见。我在伦敦大学上课期间结识了卡尔教授，并在他的介绍下每周二去贝克街的莎翁（莎士比亚）研究学者克雷格老师家中学习莎士比亚，即使在这之后那怪声也完全没有停止的迹象。

我心里实在不舒服，便叫住男房东，不露声色地质问他是否知道此事。然而，他却说对此毫无印象。我本打算再问问冷漠的女房东，但又怕她会说些什么，只好作罢。

每晚我躺在床上，想着今晚可能就会消停，可是怪声非但没有停止，反而越发严重。有天晚上我甚至听到一阵喘息般的声音在黑暗中颤悠。没想到的是第二天晚上，这喘息声竟变成了一句话：

"滚出去……从家里滚出去……"

间隔较长时间，这低语般的声音就会反复出现。声音阴郁而沉重，仿佛自肺腑深处挤出来一般。毫无疑问，这是亡灵的呐喊。黑暗之中，我不禁毛骨悚然。

下一晚、再下晚，我都没能摆脱怪声的骚扰。于是，我不由得在黑暗中双手合十，吟诵《南无阿弥陀佛》，然后用日语向亡灵求饶说，明天我就离开这个家，今晚拜托您放我一马吧。但每当天一亮，我总感觉精神抖擞，觉得为这种事搬家也太愚蠢了。

渐渐地，幽灵也厌倦了每晚重复说"滚出去"

之类的话，开始唱起歌来。那是当地的古老民谣《卷起栗毛尾巴的马儿》，歌词大致如下：

> 马儿鼻孔大张开，
> 大口呼吸吐白气。
> 前后马蹄交替跑，
> 不可输给狗先生。
> 到家立刻卷尾巴，
> 大叫一声显威风。

大概是这样的诗歌，不过亡灵每次唱歌时总是把"狗先生"唱成"兔小姐"或"黄鼠狼"，看来这家伙似乎记不住歌词。

我毕竟不熟悉这座异乡的城市，也知道身为外国人接连不断地寻找新住处是多么费劲，所以我决定先委婉地向贝克街的克雷格老师寻求帮助。

讲课结束后，我试探性地询问在找到住处前我能否暂时住在老师家里，老师听罢立即拍拍膝盖（这是老师的习惯），说道："既然如此，那么请你跟我来，看看我的家吧。"说完，他领着我从餐厅到女用房再到厨房，差不多全部参观了一遍。先生的家位于四楼阁楼的一隅，原本就不宽敞，仅花了两三分钟便一览无余。于是，老师回到原来的座席，我以为他会拒绝我说寒舍鄙陋狭窄，无处供你留宿，但没想到他竟突然讲起惠特曼的故事来。想必他也曾这样带惠特曼先生参观过这个家吧。

克雷格老师说很久以前惠特曼曾来他家暂住过一段时间。那时他第一次读惠特曼的诗，刚开始并不觉得是多么优秀的作品，但他反复阅读后愈发觉得有趣，最后竟爱不释手——说着说着，老师已全然忘记当初想说的话。而后他又说起一些莫名其妙的话题，譬如当年有个名叫雪莱的人和别人吵架的事，说不管有什么理由，吵架都是不对的，因为吵架双方他都很喜爱，等等。而关于我留宿一事早被抛到九霄云外，我也没有再提及。因此，无奈之下我不得不只身前往坎伯韦尔附近寻找住处。

坎伯韦尔位于泰晤士河沿岸，是底层劳动者聚居的地区。这一带时常会有廉价房屋招租，不过住在这片区域的中心终归不舒服，所以我又跑去邻街的弗洛登路寻找。

于是，我没费多大力气，很快就找到了合适的房子。那是一栋气派的砖砌建筑，据说原先是一所私立学校。房租非常便宜，每周二十五先令，几乎是以前的一半。

然而，正因为房租便宜，分配给我的房间十分简陋。天花板上布满了纵横交错的痕迹，一派荒凉之景。窗户关不严实，冷风从缝隙侵袭而入。每当夜里腰间感到寒冷难耐的时候，我都想要用手去确认是否真的有玻璃碎片嵌入其中。

房间内壁炉的做工也很粗糙。在一个北风呼啸的日子里,我正蹲在炉口旁边看书,结果煤炉里的烟被狂风猛吹回房间,我的脸被煤烟熏得乌黑。

不过,只要不再受亡灵骚扰,对我来说就如同置身天国。尽管寄宿生活贫穷拮据,但我在这里度过了一段内心满足的日子。

不久就到圣诞节了。在西方国家,圣诞节就像日本的新年一样,是一个非常重要的节日。通常会在室内装饰青色柊树叶,全家人聚在本家共进晚餐。那天房东姐妹也招待我吃了鸭肉料理。

这户人家的女房东和之前普利奥里路的那位不同,性格非常开朗,甚至有些开朗过头了。特别是姐姐,话有点儿多,有时还很傲慢。

她会问我诸如此类的问题:"作为研究英国文学的专家,你知不知道'straw'这个词?你会拼写'tunnel'吗?"说话的口气简直就像对待幼儿园小朋友似的。但除此之外,她本性并不坏,总的来说比较亲切。

夜半时分,我回到房间,不久后,大家似乎都睡着了。我放下钢笔,上床就寝。窗外的伦敦街头白雪覆盖,显得格外安静。听闻圣诞夜常有人通宵达旦地狂欢喧闹,但在这附近不会这样。

这时候,我又听到了之前出现过那种弹珠爆裂般的声音。

当晚只听见这种声音,第二天夜里不出所料传来了喘息声。三四天过后,就变成了熟悉的"滚出去!从这家里滚出去!"的低语声。而且,即使新年过后进入明治三十四年,那怨灵的声音仍然每隔两三天或四五天就会卷土重来。

维多利亚女皇去世后,英国于二月二日举行了国葬。我和房东姐妹一同前去海德公园观看送葬队列,这时候我的精神状态已完全不正常了。整座城市都阴郁得让人受不了。我打从心底怀念祖国日本。

二月五日星期二那天,我在贝克街听克雷格老师讲授《哈姆雷特》,正好讲到哈姆雷特与父亲的怨灵见面这一情节。于是,在授课结束准备回家的时候,我想借此机会向老师倾诉自己的烦恼,便无比感慨地对他说:英国真的存在亡灵啊。老师捋动满脸黑白杂生的胡须,沉默不言,夹鼻眼镜后面双目呆滞,显然是一副茫然不解的样子。

因此,我从普利奥里路的寄宿生活开始依次讲述了遭遇亡灵的经历。我忍无可忍搬到弗洛登路后,亡灵依旧阴魂不散,不停地叫我"滚出去、滚出去",最后甚至唱起拙劣的歌谣,看来我好像颇受亡灵欢迎呢。这样想来,亡灵所说的"滚出去"也许不是要我搬离出租屋,而是从这个国家滚出去吧。我向老师诉苦说自己在这里既没有朋友,也无人可商量，实在不知如何是好，几乎就要走投无路了。

"我还是第一次听说这种事情。"

说着，克雷格老师摘下夹鼻眼镜，在睡衣似的条纹法兰绒袖口处使劲地擦了擦，又把它放回厚实的鼻梁上。

他说自己在英国生活了很长时间（老师是爱尔兰人），却从未碰到过这种怪事，也没听说有朋友遇到过。老师继续说着，双手夹在两腿之间，像在看奇异生物般目不转睛地盯着我。

我对此非常不满。自从我登陆英国以来，不被亡灵侵扰的夜晚寥寥无几。原本以为既然英国有这么多亡灵，那么英国人多半也有过这种经历。

这时，老师又轻拍一下膝盖，然后说："那你一定很困扰吧，这种话题还是适合跟住在附近的那个男人交谈。"

我不知他此话何意，便问是哪位男士。

"你没听说过与那个名叫夏洛克·福尔摩斯的怪人有关的传闻吗？"老师没有正面回答我的问题，反过来问我。

"没听说过。"

"他住在离这儿很近的二二一号 B 座，是个脑子不大正常的男人，但是不用担心，听说最近已经治愈了，因为有位医生和他住在一起，不离不弃地照料他。你回家途中可以顺道找这个人商量一下。"

我心里很不舒服，因为我自己的精神状态也不太好，更不想再见到疯子。即便是克雷格老师，这样说也未免有些不正经。我警惕地追问那人究竟是何方神圣。

"正如我研究莎士比亚那样，那个男人专门研究各种犯罪行为和怪异事件，至少他本人是这么认为的。不过，听说写研究论文的其实是那位医生。"

我姑且"嗯嗯"应了声，却并无登门拜访的念头。

"在普通人看来，他大概就是烦恼咨询师之类的吧，但他本人似乎自称侦探。"

"你说他脑子不正常，是指他有暴力倾向吗？"

克雷格老师再次"啪"地拍了一下膝盖，站起身来。

"不，平时他不会这样。只是每天一有兴致就扮成女装在这附近转悠，或是在房间里开枪射击，抑或随意跳上行驶中的载客马车后座。如果是个孩子的话还情有可原，但他已经是四十出头的成年人了。街坊邻居被惊扰得惶惶不可终日，便联合起来强行把他送进了医院。"

"送进哪里？"

"精神病医院。由此可知，他的脑子不正常是因为过量吸食了可卡因。真正获得艺术灵感的人，其精神状态与发疯往往只有一纸之隔。你懂了吗，夏目先生？"

我"哦"了一声，心里愈来愈郁闷。

"那个，是否有在和那个人商谈后得到解决的实例？"

"那是相当多的。听说陪伴他的医生是一个能力出众的人，能够正确地处理事务。每当福尔摩斯信口开河般吹得天花乱坠的时候，那位医生就会在一旁厘清思路，总结出办法。"

"那他愿意同我这样的东方人交谈吗？"

"这一点不必担心，因为那个男人完全没有种族偏见。只要事件有意思，就算你说不用帮忙，他也会追查到底。"

"咨询费用贵不贵呢？"

"他似乎不像我这么缺钱。有传言说他在暗地里做走私可卡因的生意，赚了不少钱，而且他在疯狂尝试可卡因的过程中渐渐上瘾了。所以你不用担心费用问题，但和那个男人见面需要掌握一些诀窍。刚才也说了，他的脑子有点儿不正常，所以他见到你或许会说些莫名其妙的话。"

"啊……他会说些什么呢？"

"那我就不清楚了，只是实际见过他的人都这么说。最重要的是你绝不能否定他说的话，否则他便会闹脾气，甚至使用暴力，总是闹得左邻右舍鸡犬不宁。你只要默默听他胡言乱语，最后故作惊讶地说一句'真是太不可思议了,您为何了解得如此清楚'即可。如何,你能做到吗?"

"做不到,对这种人还是敬而远之,不见为妙。"我退缩了。

"反正是免费的,你忍耐一下!"克雷格老师语气坚决,"稍微吃点儿苦算什么!要是解决了问题,不就赚到了吗?听好了,千万不要惹他生气。福尔摩斯曾经获得过拳击比赛冠军。听说有一次,跟在福尔摩斯身边的华生医生挨了他一记上勾拳,结果昏迷了整整三天。"

"……"

我吓得直冒冷汗。拳击是最近在美国兴起的一种西洋人的野蛮游戏,以斗殴决定胜负。所谓疯子佩刀,不就是这个道理吗?

"不过,万一你得罪了福尔摩斯先生,也就是在你即将被他拳打脚踢之际,我来教你一招脱险的办法。"

"啊?"

我好想大哭一场。自己不仅受到幽灵恐吓,还要听克雷格老师说些不正经的话,他为何非要我去见一个脑子不正常的家伙呢?我已经受够了,真想立刻逃回日本。

"只说'可卡因'这一个词就可以了,其他的一概不用说。'可卡因',仅此而已。如此一来,福尔摩斯就会像见到糖果的儿童一样顿时变得温顺老实。在马儿快要失控的时候，人们通常会马上投喂胡萝卜，对吧？这也是同样的道理。"

我是来到英国后才知道可卡因这玩意儿，它是一种类似鸦片的毒品。听说在伦敦有许多英国人像福尔摩斯一样，因吸食过量可卡因而精神失常。

"这是出于什么原因呢？"

"我也不太清楚其中缘由，毕竟他是个疯子嘛！一听这话，那位先生的语气就会变得客气起来，然后一边揉着手一边问你：'带来了吗？'那样的话，你只要含糊其辞地笑着糊弄过去就好了。"

"换句话说，那个人是因为想得到可卡因才变老实的，对吧？"

"大概是吧。"

我打心底里同情那位叫作华生的医生。他到底为什么要一直和这样的疯子共同生活呢？

"华生医生好像也想和福尔摩斯分手。"克雷格老师感慨道，"本来他是为了治疗福尔摩斯的病才开始和他往来。当时，华生医生刚从印度回来，时间也比较充裕。福尔摩斯曾去医院的太平间用棍棒胡乱地敲打尸体，据说是大学医院请他去的。华生初见福尔摩斯时，福尔摩斯得意洋洋地宣称自己发明了一种神奇的药物，无论什么血液都能检测出来。当然不可能有这种药，简直是天方夜谭。

"华生医生与福尔摩斯熟识后又结过几次婚,似乎想要努力摆脱这个麻烦的朋友。但每当这样,福尔摩斯似乎都会发疯。听说他闯入华生的新家,便瘫坐在沙发上不停地吼叫。如此一来,华生的每一任夫人都被吓得大惊失色,最终落得离婚的下场。我记得他的第一任还是第二任夫人,应该就是患上神经衰弱症而进了精神病院。福尔摩斯好像也在那家医院接受过治疗。咦,夏目先生,你要回去了吗?"

"我想一个人好好考虑一下。"

"那我先写一封介绍信寄给福尔摩斯。干脆你明天就去找他吧!地址是贝克街二二一号B座,记住了吗?"

我草草地打了招呼,逃也似的离开了克雷格老师的家。

当然,那天我完全不想去拜访怪人福尔摩斯之流,直到当晚我又听到亡灵诡异的歌声,才突然改变了主意。毕竟我也没有其他可信赖的对象,最重要的是免费这一点实在吸引人,反正明天没有别的安排,去贝克街咨询一下也无妨。再说那位华生医生不是很有能耐吗?我想,不管怎样,情况不会比现在更糟了。

第二天,我又乘坐地铁前往贝克街,很快就到二二一号B座了。面朝大街的是略显讲究的铁制栅栏，门上贴着两枚相同的小铜牌，上面刻着夏洛克·福尔摩斯和约翰·H.华生的名字。开门即是楼梯，看样子福尔摩斯的房间在二楼。

沿着楼梯走到尽头，有一扇门微微敞开，露出一条缝。我小心翼翼地敲门，随后听见至少三个男人粗犷整齐的声音说："请进。"

我战战兢兢地推开门朝里看，这是一个贴着胭脂色墙纸的高级房间。在左手边的书桌处有一位蓄着胡须的男士，给人一种伦敦常见的时髦绅士的感觉，他把手中正在读的书倒扣着，看向我这边。房间里边有个壁炉，炉前呆站着一位个头很高、身材丰满的男士。旁边的安乐椅上坐着一位正在吸烟的男士，他的四肢修长，白皙的脸上挂着显眼的鹰钩鼻。看来是我这个东方人不合时宜地闯入了三位绅士惬意的休闲沙龙。

我询问谁是福尔摩斯先生，坐在安乐椅上那位如蜘蛛般长手长脚的男士举起樱木制的烟斗，像舞台演员在舞台灯光下念台词一般，装腔作势地说道："我就是。天气冷，请你到壁炉边取暖。华生，倒一杯兑入苏打水的白兰地给这位先生吧。"

我应了声"哦"，便径直走进去。福尔摩斯用手示意我坐在壁炉旁的长椅上。胖大个吃力地避开身体。

福尔摩斯一边把自己的安乐椅拖往华生座椅

的方向，一边用西方精神病人常见的亢奋腔调说："来，请坐，克雷格先生，接下来我会仔细倾听你的烦恼。你是巴布亚新几内亚人，最近航行至苏门答腊岛。你的身体不太好，曾经患过黄疸病，后来总算治愈了。现在正致力于橡胶树培育。除上述情况以外，我对你的事情就一无所知了。"

我下意识回头看，以为房间里还有一个新几内亚的原住民。

那位叫华生的医生向我递来玻璃酒杯，同时两眼放光，转向福尔摩斯问道："啊，真厉害啊，福尔摩斯！不光是姓名，你竟然连这种事情都知道？"

"全靠观察，华生，我不是常对你说吗？我的侦探技艺有确定的基础，最重要的就是观察。他所戴帽子的帽檐背面绣着金字'克雷格'，这一点不可能逃过善于观察者的眼睛。还有……"

这时，我急忙取下帽子，这才发现由于昨天离开时太匆忙，不小心错戴了克雷格老师的帽子。

大侦探继续说："其次，不要忽略他被太阳晒黑的样子。在隆冬季节的伦敦，如果有人皮肤晒得黝黑，可以推测他刚从国外旅行回来。那么这趟旅行去了哪里呢？考虑到大病初愈的人最喜欢的乘船旅行地，当然是东方。而且去苏门答腊岛旅行的人通常会带回橡胶木。"

"太精彩了！"听了这番彻头彻尾的胡说八道，

华生发自内心地赞叹道。

"嗯，不过，夏洛克，我还可以从他身上推导出许多事实哟。"

刚才一直在旁边默默聆听的胖大个插嘴道。这个男人的样貌，只要联想到西乡隆盛气色变差的模样，大致就不会有错。

"让我领教一下你的本事，大哥。"脑子不正常的侦探说道。

"他原来是古董收藏家，还投身于英国西部的煤矿业。"这位西乡阁下吹牛的功力令人大为惊叹。

"患有蓄脓症和脚气病。"福尔摩斯无精打采地说。

"曾在中国的马戏团里工作，是钻火圈的高手。"胖大个不服输地反驳道。

"第一次婚姻以失败告终，在第二次婚姻中是个'妻管严'。"

"有四个孩子。不，可能有更多，在十八个以内。"

"酗酒，还是鸦片上瘾者。"侦探微笑着说，"不过现在沉迷于大海的魅力无法自拔。"

"正是如此，夏洛克，你注意到了关键之处。他天生就是一名水手，七大洋正是他的安寝之处。"

"那个，华生先生。"

我觉得此情此景实在是太可笑了，便稍稍站起身来说:"我似乎打扰了各位愉快的消遣时光,差不多该告辞了。"

我还没说完,侦探就突然停止和胖大个的口舌之争,然后打断我的话说道:"这可不妙啊,大哥。今天难得有贵客上门,我们好像让他感到厌烦了。很抱歉,克雷格先生,你似乎已经知晓我的名字,那么让我来介绍一下我的兄长吧。这位便是我的兄长迈克洛夫特·福尔摩斯。"

精神病侦探用手指着名叫迈克洛夫特的大个子,他像极了头脑有问题的西乡隆盛。对迈克洛夫特来说,无论弯下腰还是握手都显得很吃力,他只是稍微收了收下巴。

"接下来,这位是传记作家华生,托他的福让我在伦敦探案界小有名气,真伤脑筋呢。"

只有这位正经的医生爽快地跟我握手。

"好了,克雷格先生,我们的个人情况已经交代完毕,现在轮到你说了,我想尽早挑战目前正困扰着你的谜题。"

然而,我并不想对疯子坦白自己的烦恼,便一直盯着华生医生。可能的话,我只想和他单独交谈。这时,侦探语气爽朗地说:"哦,你不必在意华生,他总是把客人们的故事当作耳旁风。我大哥正要离开,他接下来要去迪奥格尼斯俱乐部玩词语接龙游戏。"

说罢，他从帽架上取下一顶帽子猛地朝胖大个扔去，可是胖大个没有接住。帽子就掉落到楼梯下面去了。胖大个宛如一头笨重的大象，行动迟缓地追出去，离开了房间。于是，福尔摩斯再次坐回安乐椅。

"哦，实在是难以启齿，其实……"我战战兢兢地说，"我的名字不是克雷格，我姓夏目，来自日本。"

说到这里，我看见福尔摩斯突然按住脑门，低声呻吟起来。转眼间，他从口袋里掏出手枪，朝天花板"砰砰"射了两枪。

我大吃一惊，急忙躲藏到椅子背后。结果，华生似乎对这种发疯行为习以为常，他迅速冲上去抱住福尔摩斯，一把夺过手枪。

福尔摩斯翻着白眼，挥动着拳头。我感到人身安全受到了威胁，试着回想克雷格老师教给我的办法。老师的确说过，一旦陷入这种危险境地，只要说出某种毒品的名称就能化解危机。

可是，此刻我被恐惧冲昏了头，一时间竟怎么也叫不出那种药物的名称，而且我越急越想不起来，全然将其忘得一干二净。

"可卡……"我仅能想起这部分音节。

"可卡……可卡。"无论如何也想不出余下的部分。

我心想着要不算了吧，别管了！可嘴上却"可卡咯咯咯"地叫唤着，我顿时自暴自弃起来。

不料，这番行为犹如火上浇油，反倒使情况变得更糟。福尔摩斯变得越来越疯狂，眼看仅靠华生一人已无法镇压这匹发疯的悍马。

"喂，先生。"华生医生冲着我喊道，"你的名字是克雷格对吧。"

我一时不明所以，愣了一下，但很快便领会他的意思。

"我就是克雷格。"我拼命大喊。

"再大声一点儿！"华生说。

"我的名字是克雷格！"我几乎吼叫出声。

这样一来，福尔摩斯终于消停下来，他坐回安乐椅上。至此，我们的交谈才得以继续下去。

我不情不愿地讲述了自己所遭遇的不可思议事件。中途，福尔摩斯又开始吼叫，使劲地将头撞到墙上。那是我无意中吐露实情，说出租屋的女房东称呼我夏目的时候。

我本能地察觉到自身的危险，不知不觉又开始念叨"可卡咯咯咯"。没想到福尔摩斯竟说出这样一番话："这位先生好像脑子不大正常啊，华生，他从刚才开始一直在嚷嚷些什么？"

这位侦探对我的烦恼置之不理，反而说出这种话，我感到不太愉快。随后，他又乘胜追击般对我说："克雷格先生，幽灵不会再出现了。"

我惊讶地询问原因,他回答说是通过刚才撞墙的声音推测出来的。我吓了一跳,顾不上向他们正式辞别,就匆忙赶回了弗洛登路的住处。

2

在与老友夏洛克·福尔摩斯多年的交往中，由于他独特的调查方法，尽管我力量微薄，却不经意地在众多事件中扮演了他助手的角色。在过往的事件中，既有凄惨悲剧，又有欢喜闹剧；既有曲折离奇的事件，也有稀松平常的真相。

我想要向读者充分展示老友的神机妙算的时候，当然希望所讲述事件本身的特征是与众不同的，并且在解决过程中福尔摩斯所发挥的作用是极具戏剧性的。

但在大多数情况下，当事件本身呈现出前所未有的离奇趋势时，往往由于其不同寻常的特征，或多或少会掩盖住老友的锋芒，使他的存在变得模糊。反之，在福尔摩斯表现出惊人才能的情形下，事件本身的性质也极为普通。要选出同时满足以上条件的例子非常困难，我不得不深思熟虑一番。

不过其中也有理想的例外。接下来我要讲述的"普利奥里路的木乃伊事件"，就完全无须担心会出现上述情况。无论是离奇罕见的事件进展，还是各项准备工作，抑或是福尔摩斯在解决这桩疑难事件中所展现出的非凡能力，与先前提到的条件相对照，都可以说是无可挑剔。

　　这个事件一开始就充满了不可思议的疑点，无论是谁都断言现实中绝不可能发生这样的事。正因为如此，没有什么比这件事更能清楚地表现出他的分析方法的真正价值，更能给一起工作的人留下深刻的印象。

　　事件开始于一九〇一年二月某个异常寒冷的星期三，那时人们对维多利亚女王葬礼的印象还记忆犹新。我们住的小房子对面的街道被白雪覆盖，来往的载客马车摇摇晃晃，艰难地行驶着。

　　自从去年松桥事件发生以来，我和福尔摩斯整日无所事事。对于不愿远离壁炉的我来说，这样的空闲时光是非常享受的事情。而年岁渐长依然精力旺盛的福尔摩斯却并非如此，他频频咒骂犯罪分子因为怕冷就不再外出作案。就在那时，我们收到了一封信。

　　"这封信是从贝克街寄来的。"

　　福尔摩斯一边一如既往用他那一流的缜密手法检查信纸，一边说：

　　"不过，此人并非贝克街的住户。首先，很有可能是外国人。总之这是一封极具特色的信，你应该也会这么认为吧，研究一下试试。"

福尔摩斯将信件扔过来给我。

"此人深受惊吓呢。"我模仿老友的做法查看信件，说道。

这封信是用常见的长方形信纸所写，从左上角开始写起，接着是横向右侧、下方、横向左侧，以此顺序一边转动纸，一边呈旋涡状书写，读起来令人头晕目眩。除了惊慌失措的人，没有人会使用这种方式写信。

"不错啊，继续往下说。"

福尔摩斯照例用嘲讽的眼神看着我，身体陷入安乐椅。但我很快就把信抛了出去。

"分析到这种程度已经是我的极限了。我想知道为什么说这封信的主人是外国人。"

"很简单，这封信是从贝克街寄来的，如果写信人就是委托人的话，他应该不会写信，而是直接上门拜访，毕竟距离很近。

"也就是说，这封信是住在贝克街的第三人代笔的。为什么要代笔呢？我能想到七种原因，但从字面上看，我认为他是外国人的可能性最大。不过很快就能确认，委托人似乎已大驾光临。"

门外传来有人上楼的脚步声。福尔摩斯似乎无聊极了，他少见地走到门前，待来人敲门后，亲自打开了门。这时，只见门前站着一位非常矮小的人物，一看便知是东方来的客人。他的身高还不及福尔摩斯的肩膀。

福尔摩斯越过客人的头顶环视楼梯，明知故问说："啊，真奇怪，华生，我的确听到了敲门声，怎么没人在呢？"说着他低下头："啊，实在抱歉，您太矮了，我没注意到。"

福尔摩斯的幽默感很另类，有时会不可避免地伤害到别人。此刻，我明显察觉到这位东方绅士有些不愉快。

"请问哪位是福尔摩斯先生？"

东方绅士的态度略显冷淡，用带着几分口音的英语问道。不过他作为绅士的言谈举止是无可挑剔的。

"是我。天气寒冷，请坐到壁炉旁边。华生，倒一杯加苏打水的白兰地给这位先生吧。"

我的老友爽快地说，丝毫不顾对方的情绪。东方人在沙发上坐下，自我介绍道："我叫K.夏目，是来自日本的留学生。"说着他递上名片。

福尔摩斯瞥了一眼名片，然后放在壁炉上，说："失礼了，夏目先生，请问你有什么烦心事呢？你好像总是读书写作到深夜，是不是和那件事有关？"

福尔摩斯冷不防说道，日本人不禁大吃一惊。

"您在哪里听说过我的事情吗？"

"哈哈！普通人看不见的东西可逃不过高手的眼睛哟。"

福尔摩斯边说边笑着吸起烟来，见日本人依旧沉默不语，便说："这没什么了不起的。只有常常写作到深夜的人，右边袖口以及胳膊肘处才会磨得这么亮堂。而且写文章的人没有完全不读书的。"

于是，夏目恍然大悟，用力点了两三下头，说道："原来如此，你说得很有道理。"

福尔摩斯稍微皱眉说："我从不认为这类说明有什么意义。话说回来，你不是来找我闲聊的吧？请告诉我你的烦恼。方才我还在同华生哀叹，在伦敦的犯罪界，鲁莽冲动和想象力似乎永远销声匿迹了。"

日本留学生讲述了自己的经历，大致如下：他住在普利奥里路的出租屋，每晚都会听到疑似亡灵的声音，叫他"滚出去，滚出去！"。于是，他忍无可忍，便搬到弗洛登路去住，但怪事仍然接连不断。

我兴致盎然地听日本人讲述，但我的老友看上去有些心不在焉。等夏目讲完，他踮脚站起来。

"如果是在日本国内，我想我也不会因为这点儿小事而为难。"日本人说，"可是，我想您应该知道，伦敦对我来说就是无依无靠的异国他乡，我可能变得过于神经质了。您一定觉得很无聊吧！"

福尔摩斯举起拿着烟斗的手，耸了耸肩。

"哪里的话，我过去的确经手过几次如你讲述那样的案件，但是太阳底下没有新鲜事，能够从看似微不足道的小事中发现创造性要素的,那就是艺术家的火眼金睛。"

夏目听到自己的烦恼竟被说成是微不足道的小事,似乎颇感意外。

"不过,夏目先生,很高兴见到你。"福尔摩斯说道,"我不认为你所遭遇的事件本身有多么严重。我接受你的委托,所以绝不会忘记你的名字和长相。如果今晚亡灵又出现在你房间,明天请再和我联系,我会立刻赶到。不过,假如我的推理无误的话,那幽灵很有可能再也不会出现在你的身边。"

"这是什么意思?能否告知我详情?"日本人站起来问。

"不,在真相水落石出之前不对外透露任何情况是我的一贯作风。如果事态按照我的想象发展下去,那个时候我会告诉你一切。"

"那么,再会了,夏目先生。听说你经常来贝克街,除了这件事,下次请让我听听贵国的故事。"

"你似乎很失望。"日本人离开后,我对福尔摩斯说。

"有一点儿,因为是来自神秘国度的客人,我还期待着能听到什么稀奇的故事,但不得不说他讲的内容有点儿普通。"

"我不这么认为。"

"哈哈，把你从枯燥乏味的沟壑中解救出来好像挺简单啊，华生。以我微不足道的经验来看，幽灵事件本身就没有太大的发展可能性哟。蒙特雷幽灵事件是这样，肯尼斯班克将军的双胞胎亡灵事件也是这样。尽量别抱太大希望，等等看吧，那个可爱的日本人大概还会再来一趟，告诉我们幽灵不再出现了。"

"为什么这么说？"

"那是因为幽灵先生或许会收到报告，说日本人已经来找过我这个多管闲事的人了。说起来，要解答他的谜团其实很简单，就是……哎呀，又有人上楼了。要是这次的故事更有趣些就好了，华生。

"啊，请进，外面很冷吧。到壁炉边坐一会儿，就能忘记屋外的大雪了。"

一旦无聊的局面被打破，事件就会接踵而至。这次进门的是一位衣着讲究的妇人，她戴着一副长手套，微微撩起裙摆，应该是用这种姿势从雪地上径直走来的吧。或许是被烦恼深深困扰的缘故，进了房间之后，她也没有放下裙摆。

这位妇人大约四十岁，或者更年轻一些。由于天气寒冷，再加上绝望的心情作祟，妇人脸颊的皮肤似乎干巴巴的，出于同样的原因她的身体也不停地轻微颤抖着。

"我没心情悠闲地烤火，福尔摩斯先生。"妇人语气严肃地说,"迄今为止我从来没有如此绝望过。整个伦敦恐怕只有我一个人遭遇这样不愉快且令人费解的事情吧!无论如何,我都想请您给我解释一下。我想金斯莱一定也怀有同样的心情。只是他的精神有些不正常,无法像这样揣度自己的心情。"

"好了好了,林奇女士。"福尔摩斯伸手制止了忘乎所以般喋喋不休的妇人,指着供客人使用的沙发说:"您在某些方面和这位华生先生很相似,总之最好先在壁炉边的沙发上就座。如果您从一开始就按顺序说的话,我可以为您提供更为有效的建议。"

然而,妇人没有听从福尔摩斯的话,而是睁大眼睛呆呆地站着。

"福尔摩斯先生,您知道我的名字吗?"

"如果你不愿让别人知道你的名字,今后在揩雪的时候,最好使用没有绣上名字的手帕。"

访客第一次露出了笑脸。

"听说您是一个注重细节的人,想必在你看来,我此刻是相当慌乱吧。但是,只要您听了我接下来要讲的事情,多少能对我的惊慌失措感同身受。那么,请允许我到壁炉边就座。"

"来吧,请坐。请为这位客人倒上一杯暖和的热饮吧,华生。"

妇人慢慢品尝我递过去的白兰地。过了一会儿,她好像终于下定决心,缓缓讲述了下面这个奇怪的故事。

"我从小就过着一贫如洗的生活,后来在伦敦结识了一位富有的老人,并和他结了婚。在此之前我先生一直保持单身,所以至今没有孩子。听说他有一个弟弟,但我还没有见过。婚后我就随夫姓改名叫玛丽·林奇,我原来姓霍普金斯。

"先生去年九月去世,我继承了伦敦北部普利奥里路的土地和宅邸,在那里同管家夫妇共同生活。我和先生没有子嗣,因此我开始养猫作为生活的慰藉。养的猫生了小猫,现在一共有四只,听说有邻居把我家称作'猫舍'。我也会给附近的野猫喂食,所以总是有很多猫在我家庭院四处游荡。我先生不仅留下了房产,还留下各种金银珠宝以及存款积蓄,所以我在生活方面没有什么困难。

"对了,我有一个弟弟,十几岁的时候和他分开了,从此杳无音信。弟弟和我相差六岁,现在应该是三十四岁。我历尽千辛万苦,总算时来运转,过上了衣食无忧的稳定生活。我无论如何也要找到弟弟,如果他仍然过着贫困的生活,我想把他接到家里一起生活。于是我在报纸上刊登了寻人广告,但完全没有回应。

"不过,正当我心灰意冷之际,突然蒙受上天的恩惠,一位自称约翰尼·布里格斯顿的先生上门拜访。在伦敦这座城市,真是各行各业的人都有呢,福尔摩斯先生。布里格斯顿先生说他看了寻人广告,并称自己是以寻人为职业的。

"这位先生已经不怎么年轻了,因此我觉得他是个经验丰富的人,关键是我也没有其他人可以信赖,于是决定委托他帮忙寻找弟弟,然后告诉了他许多关于弟弟的事情。

"我弟弟名叫金斯莱。家中只有我们姐弟俩。弟弟刚出生不久,父母就去世了。我们两个人是被亲戚收养长大的。我出生长大的房子被这群亲戚卖掉了。

"那些所谓的亲戚实在是太过分了,给我留下许多至今难忘的不堪回忆。我就不在此一一细说了,免得让您感到无聊。某天晚上,我和弟弟逃离了这个家。那时我十九岁,弟弟十三岁。我们姐弟在街头和公园游荡徘徊时,被一个巡回演出的艺人剧团所收留。

"但是没过多久,弟弟就离开了剧团,从此下落不明。听说他进了孤儿院,但我当时没能去孤儿院寻找。已经过去二十多年了,从那以后我和弟弟就天各一方,再也没见过面。

"至于弟弟的特征,我无法明确地说,但我相信只要见到他,就一定能认出来。除此之外,我们姐弟各有一个相同款式的项链吊坠和父母的照片。项链吊坠是父亲送给我们的礼物,他去世前一年给了我两个项链吊坠并嘱咐等金斯莱长大后把其中一个给他。这可以说是父亲的遗物,我想弟弟现在应该也会好好珍惜。

"而且,弟弟的吊坠上有一处刮痕,那是从姑母家逃走时留下的痕迹。我清楚地记得那个刮痕的样子,如果布里格斯顿先生找到了疑似我弟弟的人,那么项链吊坠的刮痕就是有力的证明,因此我向他隐瞒了这个刮痕的细节。

"福尔摩斯先生,去年十一月十日,我问布里格斯顿先生能否找到弟弟,他说要先从孤儿院开始找,可能要花些时间,但这种人大多会去参军,也没有理由改名,总有办法找到的。像他们那样经验丰富的专家,总是有各种固定的方法,比如探访必须抛头露面的场所之类的,所以他让我在这期间静候佳音。

"之后一段时间,我心急如焚地等待着。大约过了一个月,布里格斯顿发来电报说找到了弟弟。我火速赶往弟弟所在的苏格兰爱丁堡。苏格兰位于英国北部,气候严寒,弟弟在那里过得怎么样呢?想到这里我深感痛心。金斯莱的住所在远离爱丁堡市区的郊外,独栋房屋孤零零地伫立在一望无际的雪原上。布里格斯顿先生让我进弟弟家的时候,我心里既高兴又担忧。只见弟弟又老又瘦,我几乎认不出他的模样。

"'是姐姐吗?'金斯莱问。总觉得屋里有一股难闻的馊味儿。他戴着和我同款的项链吊坠,还持有父母的照片,尽管已经严重破损。我知道他就是我亲弟弟。庆幸的是弟弟还是单身,于是我让他立刻跟我去伦敦。

"虽然家中简陋,但弟弟有好几件珍贵的东方古董,其中包括盔甲。听弟弟说他似乎在东方某国待过很长一段时间,这些古董都是在那里购入的。但是当我询问弟弟在那里的经历时,他却不太愿意说。我想也许是因为他没做过什么能让姐姐感到骄傲的工作吧。

"弟弟把那些令人毛骨悚然的破烂儿统统搬进我家,给他准备的房间完全变了样,仿佛成了诺丁山的旧工具店。我向布里格斯顿先生表达了诚挚的谢意,并支付了先前约定数额的酬金,然后就跟他分开了。以后也没有机会见面。请问,我的说明是不是太简单了?"

"您的讲述无可挑剔,林奇夫人。"福尔摩斯睁开紧闭的眼睛说,"请继续往下说。"

妇人略微沉吟片刻,又开口道:

"在那之后的四五天里,我过着梦寐以求的快乐生活。在和他敞开心扉地交谈后,我可以确定他就是我的弟弟。这二十年的艰难困苦,夺走了我们共同的记忆。

"弟弟已全然忘记了父母家的样子,因为他当时还很小,但令人厌恶的曼彻斯特亲戚家的事情,他却记得很清楚。感谢上帝把他带到我身边。

"然而,随着年关将近,状况发生了翻天覆地的变化,家中频繁发生怪事。那也一定是我的错。之所以这么说,是因为在弟弟搬来的东方古董中,有一件装饰独特的长箱子的东西,他似乎特别重视它。很久以前我就很好奇那到底是什么,于是有一天我进入他的房间,未经允许打开箱子看了看。

"箱子用绳子捆得严严实实的,里面塞满了东洋的丝绸,下面隐约能看到用丝绸包裹起来的像古老佛像一样的东西。就在这时,弟弟出现在我身后,面如土色地大叫:'你在干什么?姐姐!'他一看到我和那个被打开的长箱子,便以惊人的势头猛地盖上盖子,然后脸色铁青地质问:'你都做了些什么?姐姐!你根本不知道自己闯了多大的祸!'

"从那以后,弟弟变得郁郁寡欢,无论我怎样道歉,怎样恳求他说明原因,他都只是含糊其辞地'嗯嗯'应答,说早晚会告诉我的,对此我感到十分纳闷。后来他连饭也不吃了,把自己关在房间里,整天在那个箱子前嘟嘟囔囔地祈祷着什么。弟弟本来就很瘦,眼看着他的身体愈发消瘦,只剩下皮包骨。他还不怎么喝水,也不睡觉,嘴里如同念咒语般胡言乱语,房间整日焚烧着气味浓烈的香。

"我弟弟从前就喜欢烧东方的香,只有少许味道,所以我也不讨厌,但从那时起,他就开始大量地焚香,仿佛在房间里生火一般。房间里烟雾缭绕,无论是谁走进去都会呛得喘不过气。

"尽管如此,金斯莱绝不是想要把屋子烘暖才这么做。我特地准备了一个配有豪华壁炉的房间给他住,但他坚决不点火,就算我点了火他也会马上扑灭。即使室外风雪交加、天寒地冻,他也不会使用壁炉取暖。

"因此,弟弟的房间和外面的大街没有两样。冷得几乎要把人冻僵。如果我不穿最厚的外套就无法和他长时间待在一起。在这样的环境中,弟弟双眼布满血丝,浑身不停地颤抖。

"我觉得这样下去,一定会发生不愉快的事情。不久后终究发生了。

"那时刚过完年,大概是一月二日或三日,我的思绪已经一片混乱,连确切的日期都记不清楚了。

"出于担心我来到弟弟的房间前,房门虚掩着,透过缝隙可以看到弟弟正呆站着。

"我想与其进入房间引起弟弟的警觉,还不如就这样在走廊观察情况,于是我不动声色地看着。只见弟弟迷迷糊糊的,像是被操纵着的梦游症患者一样,双手朝着脸颊的方向举起来。他手里拿着一根短棒子。过了一会儿我发现那是一把刀。弟弟双手握住刀柄，刀尖抵在左眉上方的额头处。

"就在我大声尖叫的同时，弟弟从自己的左额头到左眉毛，迅速地斜着划开了一道口子。

"我赶紧冲进房间抱住弟弟，夺下小刀。裂开的伤口处咕嘟咕嘟地涌出鲜血。我哭着呼唤管家夫妇，让他们把急救箱拿过来。

"可是，尽管周围的人乱成一团，金斯莱却精神恍惚地呆愣着。他目不转睛地盯着某一个点，我顺着他的视线看去，惊讶地发现了那里竟有一面镜子。原来刚才弟弟一边恍惚地照镜子，一边割伤自己的脸。

"在我为弟弟处理伤口的时候，他因疼痛恢复了知觉，问道：'我怎么了，姐姐？'我吓坏了。弟弟当时脸色惨白，简直就像死人，或者是被死神缠住的可怜罪人。那时我才注意到，不知从哪里钻进来两三只蜥蜴，一动不动地栖身在房间地板上。

"发生了这样的事，弟弟好像死心了。在我百般追问下，他似乎下定了决心，开始断断续续地说些骇人听闻的怪话。

"据说，弟弟在当时加入了买卖鸦片的团伙。想到一个无依无靠的青年在谋生时面临的艰辛，我便无法责怪金斯莱。他在和同伴共同行动期间，好像被牵扯进一起血腥事件。关于事件的详细内容，不管怎么问他都不肯说，只说有许多当地人在事件中丧命。而且听弟弟说，因为这件事他陷入了艰难的境地，独自背负了众多当地人的诅咒。

"我简直难以置信，虽然我曾听说在东方至今仍残留着那样神秘的事情，但这里毕竟正处于二十世纪开放的文明国家的正中央，我从未想过现实中会存在这种诅咒或诅咒杀人的荒唐事。

"然而，弟弟却十分认真，他脸色苍白地向我诉说自己将会被诅咒杀死。我问他是否有对付诅咒的方法，他回答说有，就是那个长箱子。

"听说当弟弟为事情发展烦恼不已的时候，有一位当地贤人好心地找他商量，还用大樟木雕刻了一尊印度佛像，用丝绸包起来装进那个长箱子里交给他。那位贤人说他已经把诅咒封印在箱子里，因此这尊佛像能够代替弟弟承受全部诅咒，他说只要一辈子将这个行李箱放在身边，好好爱惜它，就不会惹祸上身。

"不过，他反复告诫弟弟绝对不能打开盖子，否则被封印其中的诅咒和所有邪祟都会从箱子里逃出来，不祥灾祸将会降临到弟弟身上。而我不清楚其中缘由，稀里糊涂地打开了箱子。

"弟弟十分惶恐，他陷入恍惚状态，无意中说漏嘴道，事到如今仍有很多东方人在团结一心地诅咒他，他会被东方人的诅咒杀死。

"当时我本想立刻到此拜访福尔摩斯先生寻求帮

助,可是弟弟恳求我不要把这件事告诉别人,所以一直拖到了今天。"

"不生壁炉是怎么回事?"福尔摩斯插嘴问。

"啊,我忘记说了,那好像也是从贤人那里听说的。据说诅咒一旦生效,受诅咒的人和他周围的环境就会温度升高,像在非洲一样,又仿佛置身于被火烧的锅里似的,体内水分蒸发殆尽。因此弟弟说有必要让房间降温,只有让房间寒冷得如同冰窖,他才感到安全。

"所以刚才我已经说明过了,在弟弟用刀刺伤自己之后,我在不知情的情况下往弟弟房间的壁炉里添柴,他就会冲过来浇水灭火,气势汹汹地朝我怒吼。于是我总算知道了弟弟不把房间弄暖和的理由。"

福尔摩斯瞥了我一眼。

"或许你觉得很奇怪吧,我自己也不相信,可是弟弟就在我面前,我终究还是没有勇气说不信他,所以才来到贝克街征求您的意见。"

"那起自残事件发生后,令弟的情况如何?"

"还是老样子,丝毫没有变化,福尔摩斯先生,而且是每况愈下。那件事之后一个多月的工夫,金斯莱几乎什么都没吃,如今他瘦骨嶙峋的模样简直是皮包骨头。

"我和贝恩斯夫妇——管家夫妇三人绞尽脑汁为

他烹饪各种各样方便入口的食物,可是那究竟有多大效果呢。这样下去,在诅咒生效前,金斯莱就会饿死吧。"

"不管什么食物都不吃吗?"

"会吃一点儿,但吃下去后很快就会吐出大部分。他的双目布满血丝,整天要么是不断地胡言乱语、毫无意义地喊叫,要么就是卧倒在走廊上。"

"他还有别的反常行为吗?"

"要说其他反常行为,那确实有很多……是的,有这样一件事,金斯莱非常讨厌换睡衣。他来到家里的时候带了一套寝具,说是如果换了新的就难以入睡。尽管他睡的是我准备的床,床单却换成了以前用惯那套做工粗糙的旧床单,睡衣也是如此。

"弟弟一发病就穿着睡衣在地板上打滚,弄得睡衣满是污渍,但他怎么都不肯换新睡衣。以前还会换下来给我清洗,而最近无论如何也不愿意脱掉那件旧睡衣。"

"哦,不过据说拿破仑也是这样呢。话说回来,你有没有跟令弟说过要来找我商量的事情?"

"我没有跟他说,因为他非常讨厌自己的秘密被泄露出去,还说如果有外人插手多管闲事的话,会招致更坏的结果。就是因为忌惮这句话,我才拖延至今。

"不过,您应该不是普通人吧?福尔摩斯先生,请救救我可怜的弟弟！我已经走投无路了，来到贝克街向您倾诉是我最后的救命稻草。"

福尔摩斯表情严肃，愉悦地搓着手掌，证明他的智慧受到了完美的刺激。

"非常有趣的讲述，林奇夫人。据我所知，令弟与您的这番经历是史无前例的。那么，若是今明两天去府上拜访，能否与令弟见面呢？"

"关于这一点，福尔摩斯先生，我弟弟目前还无法见人。"

"他讨厌见外人对吧？"

"是的。"

"那么，让华生去怎么样？他是个医生。"

"很抱歉，我想那样更不行。金斯莱尤其讨厌医生。他说自己没有生病，况且英国的医生根本无法理解他现在的状态。虽然弟弟的体力很虚弱，但是一旦遇上不顺心的事情，他就会和平时判若两人，发挥出巨大力量。我不想再让弟弟受伤了。"

"嗯，令弟很虚弱……那么，我们只能再等一两天，等待着足以让我们名正言顺踏入府中的事情发生。

"对了，令弟是否有说过，如果对东方诅咒置之不理的话，最后会导致怎样的结果？在前面的讲述中，关于这一点多少有些含糊不清，最终会丧命吗？"

"我也不太清楚详情,但据弟弟所说,假如众多拥有施咒能力的当地人同时诅咒某个人,那个人体内的水分就会全部流失,变成干枯的木乃伊然后死去。"

"哎呀,那可真是……"

福尔摩斯看起来似乎不太相信。

福尔摩斯和妇人约定好,如果家中突然发生奇怪的事情,哪怕是微不足道的小事,也要发电报通知他。妇人离开后,福尔摩斯对我说:

"喂,你怎么想?华生。"

"真是不可思议,我可没办法完全相信刚才听到的故事。"

"嗯,那要如何解释呢?"

"我认为金斯莱应该是患上了一种由病态妄想症引发的严重的神经衰弱症。"听我这么说,福尔摩斯略带嘲讽地笑了。

"这确实是文明国家英国的医生所特有的可靠见解。原来如此,难怪金斯莱不想见你啊。"

"可是,除此之外还有其他解释吗?"

"除了你的见解,我想还有好几种解释。不过,关于东方的诅咒,我的看法与你的差不多,都是平淡无奇的。昨天还活蹦乱跳的人,有一天突然变成干枯的木乃伊而死,如果发生这样的事件,那么别说是在伦敦，就算是在世界尽头，我也会立刻飞奔过去。"

"你也不相信吧？"我问道。

"完全不信，那不过是痴迷东方的骗子一时兴起编造的天方夜谭罢了。"

"那么，那个所谓的弟弟是骗子吗？"

"这个嘛，现在还不清楚，不过，如果他是骗子的话，应该不会变成木乃伊死掉吧？"

然而，福尔摩斯并不需要前往世界的尽头。

次日，福尔摩斯多少有些心神不定，难以保持镇静，明显是放心不下普利奥里路的玛丽·林奇。

又过了一天，即二月八日，也就是玛丽·林奇拜访后的第二天上午，福尔摩斯收到一封电报。我和福尔摩斯当即认为这是那位妇人发来的。

"那么，你觉得会有什么进展呢，华生。我唯一可以保证的是金斯莱并没有变成木乃伊。"

然而，发报人并不是玛丽·林奇，而是我们的老朋友雷斯垂德警官。这个出人意料的事实夺走了福尔摩斯往常的精气神。

"你所热衷的事件发生了。请即刻赶到普利奥里路您所认识的玛丽·林奇的宅邸。雷斯垂德。"

福尔摩斯浏览了电文，脸色蓦地阴沉下来。他嘴角紧绷，站起身说："喂，你也一起去吧，华生。"

虽然还是很冷，但外面的天气很好。在从麦克尔顿车站驶往林奇家的马车上，福尔摩斯没有像往常一样满口玩笑话，而是板着脸沉默不语，大概是想到了令人担忧的事态吧。即使是如今的我，在接下来要讲述那起事件的黑暗结局时，也会再次身临其境般感受到当时所体会到的那种惊愕与恐惧。

林奇家比我想象中要气派十倍。穿过装饰庄严的铁门，映入眼帘的是宽阔的庭院，一条小路通向设有大理石停车廊的玄关处。

此刻宅院被积雪完全覆盖，所以无法清晰地看见，在这片广阔的雪原下，是一大片修剪整齐的草坪。像这样豪华的大宅院基本上都是砾石路，我们马车行驶的道路上一定也铺满了碎石子。放眼望去，院内有一小片池塘，池塘对面是一片茂密的小树林。

不久后，可以看到瘦小的雷斯垂德在不远处等着我们靠近，他独自伫立在雪中，神情十分严肃。玄关前停着好几辆像是警方相关人士的马车，所以我们不得不在那前面下车。

"呀，福尔摩斯先生，华生先生！两位还是那么精神，真是太好了。我们这样见面多半是不幸降临到别人身上的时候，真让人受不了啊！希望今后能找个愉快点儿的理由见面。"

雷斯垂德比平常话多，我猜想他或许有某种企图。

"特地从大老远跑来这样的郊外，真是少见啊，雷斯垂德警官。"

"你说得没错，福尔摩斯先生，我想说，这一点恰恰说明了这件事是多么古怪。"说着，雷斯垂德用有点狡猾又略带同情的眼神看着福尔摩斯。

"听说你似乎对这座宅邸里发生的事情早有耳闻，福尔摩斯先生，我刚才从贝恩斯夫妇管家那里得知，比如你和玛丽·林奇见过面之类。对于处理事件总是滴水不漏的你来说，这次很难说是完美无瑕。"

"认为'就连福尔摩斯也会搞砸'的人，警察局内恐怕有相当多吧。林奇夫人在哪里？"

"关于这一点，福尔摩斯先生，想这么说的只有局内的人吧。林奇夫人在那里。"

雷斯垂德用下巴示意玄关方向。在那一边，我们看见眼熟的林奇夫人两腋被两位强壮的男士搀扶着，摇摇晃晃地出现了。

前面的马车里又出现了一个男人，三个人想要趁机把夫人塞进马车。

"等一下！"福尔摩斯大喊一声，快步走了过去。

"诸位要把她带去哪里呢？"

尽管玛丽·林奇听到了福尔摩斯的声音，却丝毫没有看我们一眼的意思。乱糟糟的头发，空洞的眼神,疯狂颤动的嘴唇,这一切都意味着她已陷入绝望的精神错乱之中。

"看她这样还不懂吗?"其中一位男士不耐烦地说,"实在不能就这样留在家里了。"

福尔摩斯走过去,把手搭在玛丽·林奇的肩膀上,呼喊她的名字,但她并没有看福尔摩斯,而是时而低头,时而仰望天空,如此不停地反复。然而,玛丽·林奇突然眼神凌厉地瞪着福尔摩斯,我担心她会埋怨指责福尔摩斯,但她并没有那样做。

"金斯莱?是金斯莱吗?"夫人问。她就像个盲人似的,随即低下头,悲伤地说,"不是金斯莱啊!"

"我们现在就到那边去寻找金斯莱。"

"好了,差不多了吧,先生。我们接下来要去医院,打扰了,请让一下。"

玛丽·林奇被三位男士搂着送上马车。马车夫扬鞭策马,马儿吐出一大口白气,便朝着门口蹄疾而去,离开了宅邸。

"据管家夫妇所说,玛丽·林奇似乎从以前开始就有些奇怪,这次的事情令她彻底疯了。"雷斯垂德走到出神地目送马车离开的福尔摩斯身后,看似愉快地说道。

"到底是怎么回事?"

福尔摩斯喃喃自语,声音仿佛从肺腑深处挤出来。我从未见过福尔摩斯显露过如此苦恼的表情。

不过，他永远不会自甘失败。我感到，他眼中那软弱绝望的光芒，渐渐变成了对给予他屈辱的对手的强烈复仇心，不久又燃烧成为熊熊烈火般的斗争心。但他表面上始终保持着冷静绅士的姿态。

"那么，我们去现场看看吧。"福尔摩斯斩钉截铁地说，"然后请说明一下事件的来龙去脉。"那副模样，像是在强行压抑着强烈的斗志。

我们三人并肩走进宅子。刚进去就注意到一个令人意外的事情。原以为这座占地面积如此广阔的宅邸，背后一定也拥有相当大面积的后院吧。然而并非如此，后院隔着一段作为篱笆的树丛，紧挨着隔壁邻居。从内院的走廊可以望见隔壁二楼窗户上，悬挂着一块写着"房屋出租"的小牌子。

林奇家有两层楼，作为在如此广阔的土地上建造的房屋，应该算是相当小的吧，但是作为供一位寡妇以及管家夫妇居住的房子，又过于宽阔了。即使金斯莱搬进来变成四人居住后也同样如此。

正面大厅的一角，有一对老夫妇战战兢兢地站着，好像不知该如何应对这个大事件。

"那就是管家贝恩斯夫妇。"雷斯垂德介绍道，"他们……"

"不必了，他们的事情稍后再说。请先带我去现场看看，并说明情况。金斯莱死了吗？"

"正如你所说，福尔摩斯先生，你最好还是亲眼看看。毕竟光听言语说明，谁都会觉得是骗人的吧。就连我从本地警察那里听取关于此案的情况说明时，都以为他们在戏弄我呢。我和你一样，干这一行已经很长时间了，还是头一次碰上死法如此古怪的尸体。"

出事的房间大致位于二楼的中央，是沿走廊并排的四个房间中从西边开始数的第二个。

门是朝里面开的，站在离门大约四英尺远的地方，就能闻到一股烧焦的味道。

进入房间一看，不出所料，房间里所有东西都烧焦了，几乎都变成茶褐色或黑色，还都被水打湿了。

"管家和林奇夫人看见燃烧起来了，就泼水灭火。"

福尔摩斯对周围的一切视而不见，径直朝床走去。蹲在床上的警察慌忙躲开。

床上躺着一具不可思议的物体——穿着睡衣的木乃伊。它半张着嘴，稍微露出牙齿。眼睛闭着，从左额到眉毛处有一条斜着的大伤疤。手脚在床上伸直，并没有露出苦闷的表情。透过睡衣窥视到的胸部、脸部，以及四肢前端都只剩下皮包骨，而且变成了茶褐色。

然而，这具尸体并不是被火烧焦的。虽然床单上到处都是被烟熏过的痕迹,但睡衣几乎没有燃烧,从这一点即可看出端倪。很明显,可怜的金斯莱变成了木乃伊。

"它已经干枯了,水分完全流失,彻底沦为了一具木乃伊。为什么会发生如此古怪的事情呢?福尔摩斯先生,对你而言,现在正是轮到你大显身手的绝佳时机,你不这么认为吗?"

福尔摩斯在金斯莱木乃伊化的尸体旁蹲下,拿出放大镜仔细观察。

"脸颊部位有点儿变形。"

"那好像是因为姐姐林奇触碰了他的脸。从那一瞬间开始,她就变得神经兮兮了。"

这时候,一名警察拿着用螺丝钉固定的两块玻璃板走进来,小心翼翼地递给雷斯垂德。两个人在房间角落窃窃私语了一阵子,随后雷斯垂德说道:

"找到一个有趣的东西哟,福尔摩斯先生。"

福尔摩斯停止观察,转过头来。

"从金斯莱的喉咙里取出这样一张纸片,它同样很干燥,我们小心谨慎地将它贴合起来,像这样夹在两块玻璃之中。

"纸片下方能看见朗廷酒店的字样,多半是从朗廷酒店带出来的便笺纸碎片。这样一看,虽然字迹有点儿模糊,但应该是数字 61。在我看来就是这样,福尔摩斯觉得怎样呢?"

我和福尔摩斯并排站着，也观察了一番。那是一张把碎纸片勉强拼合起来的东西，如下图所示。

"确实能看出 61 这个数字，你认为呢？"

"是 61 没错。前面的字笔迹很模糊，看不清是什么。"我回答道。

"确实看不出，可能是中国文字。华生，不好意思，能否帮忙将这个图形和数字抄写在另外的纸上呢？碎纸片的轮廓也一同画下来。"

"明白。"我把薄纸放在玻璃板上，走到窗边去，透过窗外的光线能够清晰看见字迹和纸片的轮廓，我尽可能谨慎地抄写下来。临摹完毕，我比较了一下两者，连我自己都觉得完成度极佳，双方没有分毫差别。

我回到两个人身边，把原物还给雷斯垂德，复制品交给福尔摩斯。然后，雷斯垂德问道："可是，喉咙里竟然塞着这张纸片，到底是怎么回事呢，福尔摩斯先生？"

"不可思议，不过实在有趣得很。"

"有没有可能是想要销毁证据呢?"一名年轻警察插嘴问。

"如果要当即销毁罪证,最好的办法就是咽下去。"

"被害人会隐藏证物吗?"雷斯垂德反驳道。

福尔摩斯不再参与讨论,而是在被烧得焦黑、惨不忍睹的房间里快步巡查,到处搜寻破烂。他一边咔嗒咔嗒打开烧焦的书桌盖和抽屉,一边说:

"雷斯垂德先生,房间各处都未发现朗廷酒店的便笺,希望在你们的高谈阔论中也加上这个琐碎的事实——金斯莱似乎并没有朗廷酒店的便笺纸。"

听了老友的忠告,两名警官便陷入了沉默。

"不过,那是便笺的碎片。我不认为他一开始就会在碎纸片上写字,而是写在完整的便笺上然后撕碎了,那么应该会残留其他碎片。如果没有进入胃中,那就在这个壁炉里,或者是废纸篓……不行,全烧成灰烬了。"福尔摩斯一边窥探废纸篓,一边说。

"都烧光了吗?"

"目前看来只能这么想了。不管怎样,整个房间仿佛处于巨大的壁炉之中。那么,失礼了,我会按照自己的方式充分地进行搜查。我从来没有像今天这样感到这个小玩意儿是如此可靠。"

话音刚落,福尔摩斯就蹲下身,开始用放大镜仔细检查房间每一个角落。由于地板烧焦了,无法俯卧在地上,但他比平时更加精力充沛。

福尔摩斯不时地发出满足的呻吟声,然后从口袋里掏出手帕,在折叠手帕的间隙采集证据。他一投入工作就会陷入忘我状态,在这种时候他通常非常讨厌被别人搭话打断思考,所以我们无言地看着他如同训练有素的猎犬一般开展调查。

不久,福尔摩斯站起来,指着地上的盔甲说道:

"这是一套东方的盔甲,大概是七零八落地向前倒下了。而且这个也烧得很焦……它平时是以怎样的形态摆放的呢?"

"那里有一只小凳子吧。据管家说,平日里是将盔甲摆成坐姿放置在凳子上,然后用一根倒着的支撑棒从背后支撑着它。"

"嗯,这么说,这玩意就坐在房间的角落里。有头盔,有面罩,有护腿,甚至还有手套之类的东西。如此基本没有外露的部分,在战场上就会非常安全,和我国的盔甲很相似。唉,就算把这些乱七八糟的物件整理好,看上去也不能呈现出原来的坐姿了。"

"是因为彻底烧坏了吧?"

"应该还需要一根支撑棒,目前的结论是那根棒子已经烧毁了,对吗?雷斯垂德警官,到处都找不到你所说的那根支撑背部的棒子,真是奇怪。算了,让我们继续往下搜查吧。"

"这就是之前提到的长箱子吧？它烧得特别严重，箱盖几乎被烧光了。雷斯垂德先生，我能否捣鼓一下箱子里面的东西？"

"完全没问题。我对你充满信心，这么重要的调查正是留给福尔摩斯先生你来处理呢。"

"嗯，如果要被亡灵诅咒，就让我来承受吧。华生，能帮我拿一下那根手杖吗？……多谢！"

福尔摩斯毫不客气地用手杖拨开箱盖的残骸，又把丝绸的灰烬移到旁边。我提心吊胆地注视着他的动作。于是，只见下面露出了一具焦黑的木雕像。

"这就是祛除诅咒的木雕像。雷斯垂德先生，这方面的情况你应该也有所耳闻吧？"

"从贝恩斯那里了解了大致情况，当然我并不相信。"

"那家伙靠得住。嗯，这是一个非常奇怪的木雕像。我自以为看过很多东方的艺术作品，但像这样将双腿一条一条完整制作出来的，我还是初次见到。

"华生，如你所知，莫里亚蒂教授那次事件发生之后，我在中东和西藏度过了三年多的流浪生活。那段时间，凡是能看的佛像我都看过了，但像这样一条条分别雕刻出两腿的情况是极其罕见的。东方雕像的下半身通常会雕刻成一根筒状物体，覆盖在衣物之下。我还是第一次见到这样的木雕像。

"嗯，手臂也一样，分开各做了一只。所谓祛除诅咒的雕像，应该就是这样制作的吧。

"哎呀?！这是怎么回事?！这具雕像是不是全身各处都被切断了？肩膀和胳膊肘，还有两腿根部和膝盖。颈部……没有被切断。那就是共有四个部位被切断了。这是个重大发现！真的非常重要哟，雷斯垂德警官。"

"我完全不明白为何重要，难道是有人用锯子锯断的？"

"思考一下，雷斯垂德先生。这具木雕像一开始就是如此制作而成的呢。实在是有趣，这真是一桩有趣的事件。剩下那堆中国造的破烂古董……没什么可看的。那么，接下来是门和窗。唉?！这是怎么回事!？"

"福尔摩斯先生，我怕打扰到你独特的调查手法，所以迟迟未向你说明情况。如今躺在床上被烤成熏肉干的金斯莱，昨天半夜突然起来把房门从里面钉死。听说林奇夫人和贝恩斯夫妇都被那不合时宜的铁锤声吵醒。而且不仅是门，一看便知，四周的窗户也都被钉死了，严丝合缝。"

"这真令人吃惊。也就是说……"

"简直是莫尔格街谋杀案的重演，福尔摩斯先生，就是巴黎发生的那个著名事件。而且，我们这次所面临的情况还要再严重一百倍。"

"被钉死的密室吗？原来如此，所以铁锤会滚落在那种地方啊。"

"然后，钉子放在壁炉上。"

"嗯，我好像失去了平时的冷静，为了让头脑冷静下来，雷斯垂德警官，也差不多该把发现尸体的原委告诉我了吧。"

"就像刚才讲述那样，金斯莱敲打锤子的响声把他姐姐及管家夫妇三人吵醒了，那是将近凌晨二时的时候。林奇夫人隔着走廊一侧的小窗户跟金斯莱交谈，金斯莱明明正在做荒唐事，看上去却意外地冷静，他似乎这样说道：'这样的话恶魔就不会来了，姐姐。'于是，林奇夫人就……"

"等等，林奇夫人有这个房间的备用钥匙吧？"

"好像有的。"

"请继续说。"

"因此，三个人暂且都回房间去了。可是第二天早上过来的时候，甚至感觉这附近的走廊都热得要命，原来是金斯莱的房间燃烧起来了。不过，燃烧的地方极小，尚未达到火灾的程度。于是，三个人破门而入，冲到床前一看，金斯莱已经被熏成了那般模样。接着，林奇夫人当场晕倒，贝恩斯夫妇将她扶起来送下楼去，随后贝恩斯一个人返回二楼把火扑灭了。"

"竟然仅凭一个人就能灭火？"

"不，正确的说法应该是正因为只有一个人灭火，房间才会烧成这样吧。总而言之，那并不是多么严重的火灾。"

"昨天晚上有没有人闯入过宅子？"

"贝恩斯说绝对没有。门窗关得很严，而且他们夫妇两人昨晚完全没有睡着，恐怕林奇夫人也是如此。所以，如果有人潜入宅邸的话，首先当时就会被发现，其次今天早上管家巡视了一番，并没有发现盗贼撬窗入室的痕迹。而且，我们警方也调查过了。"

"然后呢？"

"我们不得不得出相同的结论。我们使用你那种缜密方法开展了调查，之所以这么说，是因为大部分窗户上都积了厚厚的灰尘。"

"如果金斯莱在房间内帮忙的话，会怎样呢？"

"还能从这方面考虑吗？"

"也有万一存在的情况。"

"他们说不存在这种可能性。第一，现场的门窗都如你所见被牢牢地钉死，宛如铜墙铁壁，金斯莱本人没办法出去。三个人深夜来到这里时，都一致断言房门确实被钉住了。他们还说，假如金斯莱又拔掉了钉子，在这样鸦雀无声的深夜，他们一定会听到。总之，从凌晨二时开始，金斯莱应该没有离开过房间，也不可能有外人进去。"

"那么,在凌晨二时的时候已经有人潜入房间了,是否存在这种可能呢?"

"我实在不认为会有这种事。听说晚上九点半左右,姐姐林奇会来到房间向他道晚安。如果有什么异常情况,一定会引起骚乱吧。昨晚好像也没有客人来访,关于一楼窗户等情况,刚才已经说明过了。"

"嗯,所以火一灭就立刻报警了,对吗?"

"是的。不过,此案对于本辖区的警察来说是个难题,实在是太棘手了,所以联络了我。而依我看来,还是应该公平地给予著名的犯罪研究专家一个大显身手的机会。"

"实在是荣幸之至,雷斯垂德先生。"

"你来到这里后,经过一番缜密细致的调查,现在应该已经掌握所有线索了吧。

"一直以来,你总是在我们警方被制作文书之类繁琐的工作所困扰时,提出令人意想不到的答案,不得不承认,确实有一些让我们这些专家瞠目结舌的案例。那么,这次也请你毫不客气地给我们带来惊喜吧!"

福尔摩斯在房间里来回走动,确认全部窗户都被钉死,无法打开。

"昨天晚上这附近下雪了吗,雷斯垂德先生?"

福尔摩斯经常这样突发奇想,无所顾忌地提出乍看之下毫无条理的问题和意见。

"不，我不清楚。"雷斯垂德回答说。

"说实话，雷斯垂德先生，我现在掌握的情况恐怕和你的相差无几。虽然也不乏一些具有发展性的发现，但如果不回到贝克街做半天的实验的话，就无法形成能够向你诉诸的结论。这里能看的地方都看过了，接下来就下楼去听听贝恩斯夫妇怎么说吧。"

然而，贝恩斯夫妇的证词并没有起到多大作用。大致说来，仅仅证明了我们在贝克街听林奇夫人所说的那番异常言论是非常正确的。

"没看到猫啊。"福尔摩斯冷不防问道，"听林奇夫人说过，家里饲养了许多猫。"

"都被金斯莱先生赶走了。"约瑟夫·贝恩斯说道，"那位先生好像特别讨厌猫。"

"原来如此，金莱斯似乎还有许多我们不知晓的怪异行为。话说回来，贝恩斯先生，从昨晚到今早，这附近有下过雪吗？"

"昨晚没有，不过今天早晨在我们发现床上金斯莱先生的尸体时，刚好下起了雪。而外面明明在下雪，金斯莱先生房间的走廊却炎热得像在印度一样，实在令人震惊。"

福尔摩斯点点头，我们三个人抱着胳膊，纷纷陷入沉思。

"作为一名警察，我原本不想说这种话呐。"

雷斯垂德似乎对两人的交谈方式感到不耐烦，开口说道："如果真是这样，不就要相信东方人的诅咒了吗？毕竟这桩事件实在太离奇了，还能想到别的什么理由呢？贝恩斯，你怎么想？"

"我丝毫不怀疑金斯莱先生生前所说的话。"

"华生先生，你是医生，怎么看待这件事呢？虽说金斯莱身体很虚弱，但毕竟直到昨晚还活蹦乱跳的大活人，仅仅一个晚上就变成了木乃伊，从医学的角度考虑，存在这样的杀人方法吗？"

如果可以的话我什么都不想说，但是我别无选择，只好回答说据我所知没有这种方法。

于是，雷斯垂德仿佛宣告胜利似的沾沾自喜地说："在文明城市伦敦的在职医生的认知范围内没有这种杀人手法，也就说明在这个世界上都不会存在。总之，这似乎并不是普通的犯罪。接下来果然该轮到我们警方出场了。"

"贝恩斯先生，关于那套东方盔甲……"福尔摩斯说道，"通常来说，收纳那种东西时都会用到箱子之类的吧，但我在房间里没有发现类似的东西。"

"一开始就没有收纳箱，从它被金斯莱先生带来家里的时候起，就一直那样暴露地放置着。金斯莱先生说他没有搞到可以存放的箱子。"

"嗯。"

"箱子？盔甲的箱子？你到底在说什么？"

雷斯垂德开始咆哮，福尔摩斯却毫不在意地说：

"我再问你一个问题，贝恩斯先生。夜里金斯莱开始用铁锤敲击钉子时，你们和林奇夫人就一起赶到他的房间去了，是吗？"

"是这样的。"

"然后你们争吵了几句，就回到各自的房间了。那之后还有听到钉钉子的声音吗？"

"没有，自那以后没有再听见任何声响。"

"那么，你们发生争执的时候，你在走廊上有没有看到金斯莱及房间内部的情况？"

"看见了，那个房间靠走廊一侧的小窗上虽然有窗帘，但当时窗帘是开着的。"

"房间里的一切都看见了？"

"是的。"

"除了金斯莱，应该没有其他人在吧？"

"肯定没有！"

"你看到床底下的情况了吗？"

"从走廊也能看到床下。"

"金斯莱房间的正下方是谁的房间？"

"是玛丽夫人的卧室。"

"我明白了，贝恩斯先生，谢谢您。这个案件非常古怪，所以我们说不定还会再次登门拜访。明天一天能否暂且不要收拾那间屋子？"

"那么，雷斯垂德先生，今天就到此为止吧。对了，至于是否赞成你刚才那番果断的意见，请让我今晚在贝克街好好思考一夜再做决定吧。"

3

贝克街那个叫作夏洛克·福尔摩斯的人，不出所料是个脑子有点儿问题的男人，但不可思议的是，从那之后过了三天，亡灵再也没有出现在弗洛登路的出租屋中。

对此我佩服得五体投地。这样看来，贝克街那个特立独行的怪人，尽管脑子不同寻常，但在日本来说，也许堪比祛除厄运的川崎大师或是为妇女消灾解难的断缘寺，是一位难得一见又德高望重的人物。

这样一来，想到写作和学术研究也会有所进展，内心就不胜感激。我想再观望两三天，如果亡灵还是没有现身，我就不必等到下一个克雷格老师的个人授课日，直接前往贝克街向福尔摩斯先生当面道谢。

二月九日星期六早晨，我无视出租屋敲响的作为起床信号的铜锣声，稍晚些起床来，慢悠悠地收拾打扮好，便出门散步。

我绕着往常的路线漫步，回到弗洛登路时，发现远处走来一个令人毛骨悚然的东西。这一天确实天气很好，但是道路上积雪成堆，连铺路石的颜色都看不清。对面走来的是位撑着遮阳伞的女士。

虽然说是女士，但到底是否可以称之为女士，还需要深思熟虑。"她"穿着桃红色的长裙，拖在积雪的道路上，看起来确实像个女人，但其身高却足足超过六英尺，所以那些与之擦身而过、头戴礼帽且衣着光鲜的绅士，连"她"的肩膀位置都达不到。

"她"头顶像角兵卫狮子一样的帽子，头上还高高地撑着遮阳伞，从远处望去，那怪异的身影格外引人注目。身旁经过的路人纷纷低头垂目，像是让路一般，迅速擦身而过，随即停下脚步，仔细打量"她"的背影。"她"宛如一座灯塔。像灯塔一般的女人在人潮中突然探出头来，不声不响地朝这边走来。

随着距离逐渐缩短，我发现"她"竟然是福尔摩斯先生。我怀着轻松的心情走近他，想要借此机会对前几天的事表示感谢。

"福尔摩斯先生，您好……"

话到嘴边，我突然打消这个念头。只见福尔摩斯若无其事地把头扭向一边。前几天的糟糕记忆再次涌上心头。若是在这里和他打招呼，唤一声"福尔摩斯先生"，没准他会再次犯病。

我这才恍然大悟，原来所有行人都佯装不认识他。福尔摩斯可谓是伦敦城里的大名人，现如今是无人不知无人不晓，所以大家顾及他的颜面，都客气地装作被他的乔装打扮所欺骗的样子。

于是我也转过身去，吹着口哨从他身旁经过，随即身后响起了欢快的笑声。回头一看，福尔摩斯摘下角兵卫狮子的帽子朝我看过来。他站在那里，从女式手袋里拿出手帕，迅速擦去白粉，脸色就像刚裹上面粉放进热油里的天妇罗。

虽然自己表现得略显不自然，但还是走近他，说道："阁下是福尔摩斯先生吗？我完全没认出来。"于是福尔摩斯越发高兴起来，说道："其实是我故意乔装隐瞒身份。真伤脑筋，你可别忘了我的长相啊。"我心想，那倒是一点儿也没忘记。

"你刚刚捡回了一条命呢。"听他这么说，我自己也以为确实如此，不禁吓了一跳。

"我原本怀疑你是莫里亚蒂教授乔装打扮的，但现在你已经摆脱了重大嫌疑。因为像他那样目光敏锐的坏蛋，不可能如此轻易被他的好对手这种低级的伪装所蒙骗。"

我虽然一头雾水，但深切地感到幸亏自己当时没有出声跟他打招呼。

"对了，福尔摩斯先生。"我仰望天空，同时转移了话题。

"什么事，西格尔森先生？"

福尔摩斯边走边说，于是我又回头看了看，没有任何人在。看来福尔摩斯早已将我的姓名忘得一干二净。

"关于前几天向您咨询的亡灵的事……"我一边下意识地远离身穿裙子的福尔摩斯，一边继续说道。

"亡灵？什么亡灵？"

"真讨厌呐，福尔摩斯先生。我的房间里出现了亡灵，为此感到非常困扰。前几天我不是刚和您商量过吗？"

我如此说道。福尔摩斯多半连这件事也彻底忘记了。

"哦，是的！当然是关于亡灵的事情。那是三天前的事。不，应该是四天前吧……不，也可能是五天前的事呢。"

"哦，当然是啊，史弗伦多先生！这些都是小事。"

福尔摩斯似乎在认真思考，于是我战战兢兢地说："我觉得那并不是什么大问题……"

"哦，当然，斯普伦多尔先生！那只是不足挂齿的小事。让我们尽快到你家安顿下来，再慢慢地商量关于亡灵的事情吧。"

"不，我想说的是那件事已经解决了，福尔摩斯先生。自从上次登门拜访与您商谈之后，亡灵便不再作祟了，托您的福！"

这确是事实。于是，福尔摩斯满脸得意地点点头。

"是这样没错，也正因如此，你才会对我接下来说的话感兴趣。其实，我今天是想找你商量点儿事。"

"找我商量？！"

我不由得警惕地叫出声。那么，福尔摩斯装扮成这副惊人的模样去了我的住处吗？

"实际上发生了一桩事件，希望能够得到你的帮助，可以吗？"

"那……那是当然，要是有帮得上忙的地方，我很乐意。"我提心吊胆地说。

"就是这件事，我想借助你的知识，首先请看这个。"

福尔摩斯说着，把手伸进挎在胳膊肘上的女式手袋里翻了翻，然后掏出一张纸片。上面写着这样一句话：

"天空蔚蓝，夕阳泛红，砂糖甘甜。"

我大声朗读出来，随即福尔摩斯迅速夺走了纸片。

"弄错了。这是与芬奇勋爵失踪密切相关的重要密码。"说着，递给我另一张纸片。如果用图画来表示纸片内容的话，就如下图所示。

Langham Hotel

"这是什么？"我问。于是，福尔摩斯向我讲述了这张纸的由来。这一事件后来被称为"普利奥里路木乃伊事件"，在英国广为人知。该事件的始末简要概括如下。

事件发生的地点是位于伦敦北部的普利奥里路，巧合的是，直到去年我还住在那一带。据说离街道不远的地方有一座名叫林奇宅的大豪宅。这座宅邸的主人是个寡妇，和用人夫妇一起生活。最近这个寡妇找到了失散多年的亲弟弟，开始了共同生活。弟弟叫金斯莱，在滞留东方某国期间被卷入了某起事件，结果一个人承担了当地人的诅咒。一直以来，金斯莱的各种怪异行为非常显眼，而就在昨天早晨发现，仅仅一个晚上，他就像木乃伊一样干枯而亡。这真是令人难以置信的怪事。

"接着，从变成木乃伊的可怜男人的喉咙里取出一张干巴巴的纸片，这就是它的复制品。因为此事涉及东方某国，所以，张先生，我想作为东方人的你或许可以从那些符号中联想到什么，便前来向你打听。"

我心想，如果仅仅是为这点小事，就没必要特意穿女装吧。

"好了，到达你的住处了。让我待在你的房间，一边品尝东方茶叶，一边慢慢倾听你的回答吧。对于纸片上的符号，我简直毫无头绪。"

不管怎么看，纸上的文字都像是日文的平假名。于是，当我们在房间安坐下来后，我解释说这可能是读作"つね61"。

福尔摩斯问"つね"是什么意思，我告诉他这相当于英文"always"的意思。不过，如果这是日本文字的话，日本人不会像这样同时使用平假名和西方数字。

正当我们这么说着的时候，窗外的马路上传来了马车的声音。过了一会儿，只听马蹄踏在石板路上发出杂乱无章的响声，看情形马车好像停在了家门口。然后，福尔摩斯对我说："让我给你表演一个小魔术吧，陈太夫先生。"

福尔摩斯每次称呼我的时候，我的名字都会大变样，真叫人吃不消。虽然他只是随口一说，但或许还有别的考虑。我若是反驳他，情况一定会变糟，所以只回答了一句："请多指教。"

"伦敦的马车有三种类型的声音。双轮马车是一首流畅的华尔兹。"

说着，福尔摩斯站起身，在我面前踏起了华丽的舞步。

"而四轮马车则是德国歌曲中庄重的四分之四拍子。"

说着，福尔摩斯的舞步变得缓慢而沉重。

"接着是双轮载客马车，不用说，它的声响让人联想到拥有热情南方血统的弗拉门戈舞曲。"

福尔摩斯一边说，一边跺脚发出咚咚咚的响声。

"刚才的声响是华尔兹，所以……"

说着，他已经踮起脚尖回到了华尔兹的舞步上。

"这是辆双轮马车。没有什么比双轮马车最适合中产阶级家庭的夫人乘坐。所以，可以推断是这家的女房东外出回来了。"

我从窗户往下看，只见门口停着一辆四轮载客马车，与福尔摩斯的推测相反。接着，上楼来敲响我房门的不是别人，正是华生医生。

"福尔摩斯还在你这里吗？"

听到华生医生这么说，我这才松了一口气。

4

当我按照福尔摩斯的吩咐来到夏目的住所时，他好像正在写东西。随后他在家居服外面套了件长袍，出现在门口。他很高兴和我再次见面，说道："得亏你能找到这里。"

"毕竟我的朋友是这方面的专家呐。"我回答道。

夏目招呼我进入房间，他对福尔摩斯赞不绝口，说自从到贝克街拜访之后，幽灵就销声匿迹了。

事情果然如福尔摩斯所说那样发展，听了夏目的话，我对老友多少产生了几分敬畏之情。他还说正打算两三天之内去贝克街向福尔摩斯当面道谢。于是，我拍拍手大叫：

"此刻正是绝佳时机！"

然后，我指着窗外马车的顶篷，说道：

"现在立刻下楼的话，你就不用去贝克街了，福尔摩斯就在那辆马车里。"

夏目走在前面，我跟着一起下楼来到马车前，这时福尔摩斯从马车中探出身来迎接夏目。

"夏目先生，三天不见了，但愿你不是被华生硬拉过来的。"

我们三个人坐上马车后，车夫慢慢地扬鞭前行。

"夏目先生好像有话要对你说哟。"

听我这么说，福尔摩斯眉间微微一皱，问道："该不会是你房间里的幽灵越来越肆无忌惮了吧？"

夏目说情况刚好相反，正如福尔摩斯断言那般，自那以后幽灵就不再出现了，所以他想要当面致谢。

福尔摩斯略显满意地笑着说："没有必要道谢。这样一来，你也可以暂时不讨厌这个国家了吧？"日本人点点头。

"谢谢。那么，我只不过是履行了英国公民应尽的义务罢了。"

从朋友的这句话中，我看到了在他压抑的性情深处流淌着的真正的骑士精神。不过，福尔摩斯又狡黠地窃笑着说："但是，夏目先生，如果你实在是感觉过意不去的话，我倒是有个好办法。"夏目问是什么办法。

"这次换你来为我们遇上的麻烦事出主意，这样就算互不相欠，人情两清了。你觉得如何？"福尔摩斯的这番说法考虑相当周全。

"您能这么说，我感到很荣幸。可是，像我这样一介平凡无奇的留学生，有什么可以帮助大名鼎鼎的侦探呢？"夏目言辞谨慎。

"当然有。你看我们国家的报纸吗？"福尔摩斯问道。

夏目回答说留学时间太短了，而在英国要学习的东西又太多，因此无法将报纸也当作学习的对象。

"哎呀，你这么说未免有些偏颇，夏目先生。"福尔摩斯说道，"报纸才是涵盖了英国的一切。如果存在一类教科书能够有效地帮助我们学习我国目前取得的微小进步和发展，那么它们一定是《泰晤士报》《每日电讯报》《里兹信使报》《西部新闻晨报》。好了，那种事暂且不论。那么，你应该也不知道今天早上在伦敦闹得沸沸扬扬的普利奥里路木乃伊事件吧？"

日本人回答说完全不知晓。福尔摩斯朝着我调皮地笑了笑，说道：

"等等，进展不太顺利呢，华生，看来我们还需要花些时间。"

然后他又转向夏目，继续说："那么，夏目先生，从现在开始，我必须代替报纸向你说明此事的来龙去脉。如果你能仔细聆听，我将不胜感激。然后，请你务必运用东方智慧为我们指点迷津。

"如你所知，我是一个决心将毕生奉献给犯罪研究的人，但接下来要讲的林奇家的木乃伊事件，就连我这样多少以经验丰富为荣的专家也感到大为震惊，几乎落到走投无路的境地。之所以这么说，是因为事件的核心部分牵涉令我们憧憬不已的东方神秘力量。值得庆幸的是，在接触到这桩事件之前，我们就结识了你这位来自东方的朋友。"

福尔摩斯不经意的一番话，恰好也透露出他此刻的心情。这是我第一次听见福尔摩斯形容自己"走投无路"。接着，我在一旁满怀钦佩地听朋友简明扼要地讲述了那桩离奇的事件。

"如何？"讲完后，福尔摩斯说道，"你是来自遥远神秘国度的客人。对于这样的现象，我想你不仅只会像我和华生一样惊讶得目瞪口呆，说不定还会有什么不同的见解，于是特地向你请教。"

然而，日本人的惊讶程度和我们别无二致。他愣了一会儿，然后问道："如此离奇的事，真的发生在这座文明城市吗？"

"没错。"福尔摩斯答道。

"不过，简而言之是要把人类的身体变成木乃伊，可如果不是在南部埃及或者具备相应自然条件的地方，恐怕是办不到的吧。换句话说，若不是在空气中湿气极少且气温很高的地方，即使想造木乃伊也造不出来吧。在一般条件下，尸体应该很快就会开始腐烂吧？更何况是一晚上呢。"

日本人的回答言之有理，和我的想法相差无几。

福尔摩斯听后说道："迄今为止我见过相当多的尸体，所以自认为关于尸体的知识要比一般人了解更多。我年轻时在伦敦的大学医学院潜心研修,为了防止解剖用的尸体腐烂,也尝试了各种各样的方法。然而,本次事件的尸体并没有采用目前已知的任何一种方法的痕迹。因此,我想到了东方。在东方或许有我们欧洲人尚未知晓的特殊方法吧,夏目先生。"

听福尔摩斯这么说,夏目似乎终于理解了事态的发展。

"在日本,传统的涂漆处理方式和鞣皮制造技术没有流传下来吗?"福尔摩斯追问道。夏目回答说有涂漆这种工艺,但不清楚鞣皮相关的事情。

"那么,把漆涂在人体上的话会怎么样呢?"福尔摩斯询问道。

"我听说那样会引发炎症,但只会发生在一部分人身上,更不会导致死亡或变成木乃伊了。"

"那么,你是否了解诅咒?在东方,诅咒这种力量是真实存在的吗?"

"在日本有这样一个传说:把想要杀死的人做成人偶,一边祈祷一边用刀刺进去,如此一来对方最终就会生病或死亡。尽管我并不相信。"夏目回答道,接着又补充了一句,"即便如此也不会变成木乃伊哟。"

"嗯,那么身为日本人的你,在听到一个男人因受东方诅咒从而一夜之间化作木乃伊这样的事情之后,也会和我们一样震惊吧?"福尔摩斯问道。

"那是自然。"夏目回答说。

福尔摩斯听了这话,多少有些沮丧地说:"听了你这番话,我在苏格兰场的朋友们一定会灰心丧气吧。若是务实的人,就该考虑金斯莱是因诅咒以外的力量变成木乃伊的,这样想似乎更明智呢。"

"烟是怎么回事?"我在旁边插嘴道。于是,福尔摩斯露出略带嘲讽的表情,转过来对我说:"这就是你作为医生的意见吗?"

看样子福尔摩斯收获甚微,他从外套里拿出从金斯莱喉咙中取出的纸片的复制品,抚平折叠后的褶皱。

"那么,请看这张纸片,夏目先生。上面呈现的图形和符号,你认识吗?"

"这是数字61吧。"日本人说道。

"没错,那它前面的符号呢?"

夏目思考了片刻,说这和日语中表示"经常"含义的文字很相似,但他又说这在日文中没有任何意义。

"这是塞在死于伦敦的英国人喉咙里的东西吧?"夏目说,"所以没有道理要用日文书写,我认为这不是日本文字,虽然很相似,但只是出于某种偶然因素。不过,如果再让我独自思考一下,也许能想到什么新的解释。"

"那这张纸先放在你那里吧。"福尔摩斯说道,"因为我们去苏格兰场随时都可以看到原物。"

"我好像没帮上忙。"夏目略带歉意地说,"不过,对于如此不可思议的事件,我着实感兴趣。这事实在太离奇,太让人想不通了。"

"确实是一桩极其罕见、令人印象深刻的案件。"福尔摩斯也附和道。

"这么说虽然不太好,但这张纸似乎没有什么用处。如果能带我去现场看看的话,或许还能想到其他更有用的方法。"

于是,福尔摩斯立刻说道:"夏目先生,我们到了,这就是林奇家。我就料到你会这么说,所以带你过来了。"

5

我们坐上马车后,穿着裙子的福尔摩斯爽快地叫出声:"喂,车夫先生,如果三十分钟能到达普利奥里路的林奇宅邸,我额外支付一先令给你。"

因此,马车的车轮嘎吱嘎吱地转动起来,猛地向前飞驰。由于马车噪声太大,我和华生先生交谈时都不得不提高音量。

我本以为这是一项非常紧急的工作,但事实并非如此。后来问了华生先生我才知道,福尔摩斯那么说催促马车驶快一点儿只是出于他的恶趣味。

"林奇家的木乃伊事件,想必你已经听说了吧?"华生大声问我。

"我已向他完整清楚地说明了整件事情。"

每当福尔摩斯的说话声变大,就会形成一种好似悲鸣的尖叫声。就在这时,马车以惊人的速度疾驰而去。身后形成了雾的旋涡。我拼命地抓住窗沿。

"在东方,诅咒这种力量是真实存在的吗,夏目先生?"华生提问。

"没错,虽说是东方,但我只知道日本的情

况……"我大声说道。

"我这位朋友关于东方的知识水平和幼儿园差不多。"福尔摩斯嚷嚷道。

我心想不会吧，可是华生医生满脸通红。福尔摩斯得意忘形地补充说："不过，我们英国人对于东方的认识大抵如此，若非像我这样的东方通，怎么会知道日本是香港的一部分呢！"

此时，我深切地感受到，必须让全世界了解我的祖国日本。

我向他们两位说明了"五寸钉"的方法。据说在日本自古以来流传着一种广为人知、普遍施行的诅咒方法，被称作"五寸钉"。即把想要诅咒的对象制作成小小的稻草人偶，每晚丑时，也就是凌晨两点左右，拿着稻草人偶来到神社、寺院、坟墓等所在的灵地。然后一边全身心注入诅咒，一边将五寸钉子钉入稻草人偶，并且要在不为人知的情况下持续这样的做法直到第七天愿望实现之日。

除此之外，还有一种方法是把诅咒对象制作成纸人放入火中焚烧。

听我这么说，福尔摩斯也展示出他博学的一面。据他所说，非洲某个民族有这样的传说：对着煮沸的锅中连喊三遍要诅咒的对象的名字，然后迅速盖上锅盖，连续煮三天三夜，这样的话被诅咒之人就会承受痛苦。

随后，华生问我被诅咒那个人最终下场会如何，我回答说，听说会生病或者死亡，但不会变成木乃伊。

福尔摩斯和华生看上去对我的说明感到大失所望。他们大概以为我会说些在日本存在把人变成木乃伊并杀死的诅咒方法吧。

西方人总是认为东方是魔法师的国度，实在令人头疼，于是我说："就像在坎伯韦尔有许多地痞流氓一样，在东方即充满了神秘事物。对于你们英国人的这种想法，我常常感到忿忿不平。就拿我国首都东京来说，现如今虽然不如伦敦那般现代繁华，但并没有特别的不同。和这里一样，每个月都会发生几起杀人事件，不过每次都是利用刀枪杀人，而不是诅咒。"

听我说完，华生貌似理解地点了点头。随着夕阳西下，雾气渐浓，马车在雾中奔驰，后面卷起白色的旋涡。

我打开刚才一直拿在手里那张写着"つね61"的纸。华生立刻问我能否读懂。于是，我回答道："好像可以读作'つね61'。"

华生问这是什么意思，我说硬要解释的话大概是"经常"或者"永远"六十一的意思吧，但那样就无法构成日文的体裁了。如果是日文的话，应该在"つね"和"61"之间加上"に"这个假名。日本人绝不会使用纸上这种写法。而且，既然那位受害者受到的是当地人的诅咒，那么从他喉咙里取出的这张纸上应该写着当地文字才对。当我提出这样的疑问时，华生又问道："这和当地文字不一样吗？"

"当地文字则是完全不同的。"我答道，"再说，即使这是日本文字，后面的数字写法也不准确。日文数字有完全不同的书写方法。这是贵国使用的阿拉伯数字，在日语中不会这样同时书写假名和阿拉伯数字。"

话虽如此，但我又想，若是像我这样旅居此地的日本人，说不定会这样书写。

华生说这是张碎纸片，所以它可能是更长文章的一部分。听他这么一说，我的脑海中立刻浮现出"义经（よしつね）"这个词语，但是考虑到解释起来太麻烦，就没有说出口。

"当地和日本的文字也不一样吗？"华生问道。

我回答说正是如此，不仅是文字，一切都截然不同。

"可是，当地和日本不就像是伦敦和巴黎一样吗？"他再次问道。

听他这么说，我也越发觉得如此，产生这样的疑问确是理所当然。然而，不可思议的是事实却并不是这样。我们之间的往来关系并不像英法之间那么融洽、亲密。希望华生不要询问理由,就算问了我也解释不了。

在前方的浓雾中,我们的马车逐渐靠近一道装饰着华丽金属工艺、俨然贵族府邸的铁门。

"嘿,穿裙子的老板,我们到了哦,刚好三十分钟。"

车夫兴奋地喊道。到达此地一看,我发现林奇宅邸就在自己以前的住处附近,步行的话估计用不了十分钟。

"喂喂,车夫先生,既然说的是到林奇家,那就要到玄关的停车廊才行,从这里过去还有很长的距离呢。"福尔摩斯说道。事实也的确如此。

穿过铁门,宅邸内占地面积广阔。东京上野地区的全部山地似乎也就这么大。

马车终于到达停车廊,福尔摩斯愉快地叫了起来:"超过五秒钟!我可不付额外费用。"

"你这个可恶的骗子!"车夫丢下这句话,愤然离去。随后,他们两个人向出来迎接的白发管家介绍我是来自东方的尊贵客人,于是管家恭恭敬敬地朝我鞠躬。

林奇宅邸是一座非常气派的建筑。虽然是这样不经意建造的,但若是将它原封不动搬到东京日比谷地区一带,就可以作为达官显贵的社交场所使用了。福尔摩斯穿过大厅,率先登上通往二楼的阶梯,我也紧随其后。

那个发现金斯莱尸体的房间，从墙壁到地板，甚至连窗帘都被烧成一片焦黑。这是我有生以来第一次踏入犯罪现场，果不其然内心感到惶恐不安。床上并没有木乃伊化的尸体。听说已经被警方带走了。

刚进屋，福尔摩斯就从裙子口袋中取出大型放大镜，无所畏惧地趴在烧焦的地板上，开始满屋子到处转悠搜查。刚看见他站起来，又扑通一声匍匐在地上。于是，福尔摩斯身穿那件镶满荷叶边、看起来很昂贵的女装，转眼间变得黑乎乎的。华生医生茫然地站着，悲悯地看着好友的这副样子，然后走到一个烧焦的棺材似的箱子面前，对我招了招手。

"来，夏目先生，请你看这个。这是金斯莱所说的封印诅咒的箱子，其中装着代替他承受诅咒的木雕像。但是，正如你所见，这尊木雕像身体的各个部位都被切断了，看来似乎从建造之初就是这般模样。请问你在贵国是否见过使用这种方法制作的木雕像呢？"

听到这样的询问，我回答说没见过，这简直是无稽之谈。又不是腌萝卜和寿司卷，而是把木雕像的身体各处切断，那是要遭报应的。我对华生说，日本人的话就算丢了性命也不会做这种事。这时，福尔摩斯也走了过来，附和我的说法。

另外，我觉得这尊木雕像的奇怪之处在于它的下半身如同仁王像一般，左右双腿被完整地制作出来。虽然木像被烧焦了，看不太清楚模样，但看上去好像穿了一条类似裤子的东西，呈现出颇为奇特的造型。这么看来，这应该是仁王像之类的吧。不过，它燃烧未尽的脸部模样，总的来说却颇有观音菩萨的风韵。我还是第一次看见这么奇怪的雕像。听了我这番话，两人面面相觑，同时口中喃喃道"原来如此"。

房间里还有一样东西吸引了我的目光。我不禁瞪大眼睛，大声喊道："真让人吃惊，为什么这种东西会出现在这里？你们知道这玩意是什么吗？"那是日本的盔甲。虽然大部分已经烧焦、倒在地上，但那毫无疑问是日式甲胄、日本武士的盔甲。

"我不知道有谁如何介绍过这东西，福尔摩斯先生，但它的确是日本制造的盔甲。"我踊跃地发表意见。

去年，刚来这座城市不久，我曾游览过伦敦塔，当时为伦敦塔内也有日本的盔甲而深感惊讶。于是，我心想原来有不少日本盔甲流落到了英国，不由得产生了几分异样的感觉，便在此观摩了一会儿。

福尔摩斯在满是炭灰的地板上来回爬动，连他的鹰钩鼻尖也变黑了。不过，听我说完后，他瞬间两眼放光，然后抱着胳膊陷入沉思。过了很久，他问我是否确定那是日本的东西。

我说作为日本人我是绝不会认错的,我家也有一套这样的盔甲,我是看着它长大的。听到这番回答,福尔摩斯问我,金斯莱生前似乎说过他是在当地弄到手的,那么这种日式铠甲在当地也能买到吗?

我一时毫无头绪,只好含糊其辞地回了一句说不定能弄到吧。还有,这样一来刚才提到的"つね61",我想可能还是日文的平假名。

6

马车驶入林奇家的停车廊停下,福尔摩斯、我和夏目依次下车。就在这时,意想不到的事情发生了。管家贝恩斯照例殷勤地站在玄关迎接我们,却突然像犯了贫血症似的瘫软地跪在雪地上。于是,福尔摩斯和我不得不迅速从两侧扶起他,并送至玄关。

贝恩斯很快清醒过来,指着在一旁看着他的夏目,开始咒骂道:"黄皮肤的恶魔,滚出这个家!"

直到这时,我才意识到贝恩斯昏倒的原因是夏目。他相信这个家突然遭受的横祸都是由东方人造成的,而且还误以为事件的罪魁祸首为了确认最终的结果,终于现身此地。

福尔摩斯连忙将贝恩斯带到大厅的角落说明了大致情况,不久便回来对夏目说:"很抱歉,夏目先生,自从那件事发生以来,贝恩斯变得有些神经质。不,这是由于无知导致的失态呐,华生。夏目先生,没有影响到你们的心情吧!"

日本人回答说,请不要担心。

贝恩斯似乎冷静了一些，但就在我们即将进入二楼房间时，他还在楼下叫嚣道："黄脸恶魔，现在就让你见识我的厉害！"

按照福尔摩斯的吩咐，二楼案发的房间被原封不动地保留下来。福尔摩斯走到装着祛除诅咒的雕像的箱子旁，叫来夏目说道："夏目先生，请看这个。如你所见，这尊木雕像的身体各处都被切断了，你在贵国有没有见过使用这种手法制作的木雕像呢？"

夏目使劲摇头，并明确表示这东西和日本的不一样。这句话让我颇感意外，但在福尔摩斯看来并非如此。他心满意足地点头，双手摩挲着。

不过，夏目又向我们保证那件东方盔甲是日本的东西。我的好友似乎也有些意外，抱着胳膊陷入了沉思。过了一会儿，他抬起头来，问房间里还有没有别的日本制造的东西。夏目小心谨慎地环视了整个房间，最后回答说："没有，福尔摩斯先生，这间屋子里只有那具甲胄是日本制造的。"

于是，福尔摩斯说道："不，好像还有一样东西，夏目先生，就是从金斯莱喉咙里取出的纸片上的文字。"

然后，他转身对我说："华生，如果此时此刻能说点儿什么的话，那就是在这桩离奇的事件中，两个国家就像一锅乱炖的杂烩汤，真是耐人寻味。假设这桩不可思议的事件是由和我们一样的人类所策划,那么即使他能力相当强大,或许也和我们一样分不清两个国家。嗯,这个设想的可能性还是很大哟。"

接着,他再次转向日本人说道:

"好了,夏目先生,看来你我都从这个阴森的火葬场得到了应得的东西。既然已经令你感到不愉快,就不能再继续妨碍你学习了。我现在马上送你回住处。"

"关于61的含义,你能联想到什么呢,华生?"回到贝克街,福尔摩斯一边摇着摇椅,一边说道。

"谁知道呢……是天数吗?"我这样说道。

"也许是吧。也就是六十一天,或是还有六十一天。不可能是日期,根本没有二月六十一日这样的日期。同理,月份也是如此,不存在六十一月这样的月份。那么是年号吗?不过,一九六一年是遥远的未来,若说是公历六一年,也太久远了。

"那张纸上,61后面留有少许空白,说明这里的'61'并不是更长的数字,例如'6161''6100'之类的前半部分。

"除此之外还能想到什么呢?距离吗?六十一英里①,六十一英尺,或者是金额吗?六十一英镑,但

---

① 为英制长度单位。1英里约合 1.609 千米

是这个金额还不足以杀死一个人。难道说是重量单位？六十一磅，但这连一个人的重量都达不到。你的体重有它的几倍吧？"

"不过，那个日本人说数字前面的符号在日文中表示'经常'的意思。'经常六十一镑'？出乎意料的是，我竟觉得这挺有可能的。"

我说着，随即陷入苦思冥想。

"可是，为什么非得把写着那种话的纸片塞进喉咙呢？"

"华生，这一点实在令人费解。有疑点的地方还有好几处呢。首先，我之前已经说过了，金斯莱的房间里没有朗廷酒店的便笺，而且不止他的房间，昨天晚上我还特意又去了一趟，和贝恩斯两个人搜遍了整个宅院，林奇家的任何地方都没有发现朗廷酒店的便笺。不仅如此，正如你所见，金斯莱的房间里没有任何书写工具。没有钢笔，也没有墨水瓶，甚至连一支铅笔都没有。

"也就是说，金斯莱很早以前就在纸上写下了'61'，并一直带在身边。然后，他在临死之际把它放入嘴里，但好像只是撕碎吞下了一部分纸片。剩余部分则扔进了废纸篓，如今已烧成灰烬——这样一番推理真的说得通吗？假设推理正确，为何只撕下部分纸片？又为何要放入嘴里？

"如果这是隐秘保险箱的开箱密码之类的，正如当时我们的好友雷斯垂德的部下所说那样，若金斯莱突然要隐藏这张纸片的话，那一定是发生了非常紧急的事态。比如对此虎视眈眈的昔日的坏蛋同伙突然出现在眼前，必然要发生这种程度的事情才行。

"若想彻底毁掉那张纸，当然还是慢慢烧掉比较好。实际上那张纸的残片已经燃烧殆尽。明明想要销毁掉全部，这样反而留存下来一部分。

"但是，现实中真的发生过如此紧急的事态吗？想到这里实在叫人怀疑。因为房间的门窗都被钉死，在管家夫妇和那个可怜的妇人破门而入前，全然没有被撬开的痕迹。

"而且，据被突如其来的槌声惊醒的三人说，从凌晨两点赶到房间前到第二天早上发现尸体这期间，门窗上的钉子一根也没有被拔掉。不仅如此，之后也没有再多钉上一根。也就是说，凌晨两点时，房间就已经是我们看到的那样了。并且，贝恩斯还断言，那时绝对没有其他人潜伏在金斯莱的房间里面。

"我站在走廊上，隔着小窗户反复查看房间。如果当时真的拉开了窗帘，而贝恩斯又是个诚实的男人的话，那么他的证词就值得被充分尊重吧。从走廊也能看到床底下。

"就是说，某个男人突然出现在金斯莱的面前，这样的事态是不可能发生的。就算有那样的人，也进不了金斯莱的房间吧。因此，我们可以得出如下结论：他不可能为了隐瞒真相而慌慌张张地吞下那张纸片。

"另外，这种情况也必须考虑一下。金斯莱身上没有任何书写工具，所以有可能是有外人闯入了房间——假设确实存在那样的人——那个人拿着那张纸，塞进了金斯莱的嘴里。不能完全忽视这种可能性。但是，他是如何做到不打碎一块玻璃就侵入从内部被钉得严丝合缝的房间？"

"总之，这是不可能的。"

"没错，华生，我坦白说，这可真难办。即使有人能进入那样的房间，他也没法在一夜之间把一个活人变成木乃伊。

"但是，金斯莱为什么要从内部把房间钉死呢？听说他姐姐持有房间的备用钥匙，所以他这样做是不想家里任何人进入自己的房间？那么，他到底打算一个人做什么呢？

"嗯，如果你今后想把这桩离奇事件的始末记录下来的话，那就最好仔细观察一番你这位可怜的专家朋友的困惑之处。"

事发后的两三天，如往常一样，福尔摩斯的内心正朝着解决事件的方向，一点点地重构那些我等无法获得的材料，但在旁人看来，此时的他仅仅处于黑暗中摸索的状态。而且在这期间，我可以明确断言玛丽·林奇的事情始终萦绕在福尔摩斯的脑海中，这是不争的事实。当玛丽·林奇来到贝克街时，她来这里是为了做最后的努力。但不幸的是，福尔摩斯没能拯救她。这一事实深深地伤害了他的自尊心。

有一天，福尔摩斯说要出去散步，我说那我也去吧，然后他答道："华生，我好像和别人很不一样呢，偶尔无论如何都想一个人待着。"

于是，在接下来的几个小时里，我只好埋头阅读之前读到一半的专业杂志。过了一会儿，福尔摩斯从外面回来，不知从哪里买了一大堆石蜡、酒精和破布之类的东西。

我注视着福尔摩斯的一举一动，心想他这是打算做什么。只见他走向实验桌，从一端开始烧起那些布来。很快，我们原本舒适的小房子里就弥漫着令人难以忍受的恶臭，宛如熏烤工厂。也许这是很重要的实验，所以我不能抱怨，只好独自离开家中。

可是到了第二天，福尔摩斯仍然没打算停止那个愚蠢的实验。现在看来影响已经波及楼下了，楼下的哈德逊夫人乃至斜对面的住户都纷纷探出头来，想弄清楚发生了什么事。

我自认是全英国忍耐力最强的人，偶尔经受这样的考验在所难免，但人的忍耐力也是有限度的。要是上帝允许这样的野蛮行径，最多也不过两天吧。

至于福尔摩斯，他看上去并没有想要在短时间内结束实验的想法。他烧一会儿东西，就坐到摇椅上抽起了烟斗，突然想到什么又开始烧别的东西，因此整个房间充斥着一股刺鼻的石蜡味。

为了打发时间，我感觉自己好像已经走遍了伦敦所有的俱乐部和公园。实验进入第四天，我下定决心走近他的实验桌。福尔摩斯正在用放大镜仔细观察着燃烧后的灰烬，就在我准备开口抗议的瞬间，他抬起头心情愉悦地说："取得了非常令人满意的结果，华生。"

"你查清楚什么了？"我立刻被他的话所吸引，然后问道。

"是的，目前只是向前推进了半步。我敢打赌，也可以断定，金斯莱房间发生的那场火灾是使用酒精的人为纵火。这样一来，东方人的诅咒也变得有些可疑了。"

"你可真厉害，福尔摩斯。"我说道。

"但是也不能只顾着高兴。这是通往迷宫的一步。为什么非要在被钉死的房间里放火？如此一来，始作俑者只能是金斯莱本人。他为什么要在自己的房间放火呢？一个问题的答案带来了更难的十个问题。通向真理的道路往往没有捷径。咦，好像有人来了……啊，原来是苏格兰场的朋友大驾光临。"

从门后的阴影中，闪现出雷斯垂德白鼬般精悍的身姿。

"福尔摩斯先生,哦,这不得了的气味是什么?"

"关于普利奥里路的木乃伊事件,我正在进行一些实验。"

"哦,真是的,我还以为你又打算开一家熏肉店呢。话说回来,也不能让那具木乃伊一直占据着警署的停尸间。我想差不多该下葬了,还是事先跟你打个招呼比较好。"

"请谨慎处理,雷斯垂德。那么,关于尸体有什么有趣的发现吗?"

"没什么特别的。"

"那具木乃伊也没有像祛除诅咒的木雕像那样,到处都有被切断的痕迹吧。"

"没有那样的事。可以说尸体很完整,和你我一样,五体健全、毫无缺失。只是……"

"只是?"

"现场验尸的法医说了些颇有意思的事情。"

"什么?"

"倒也不是值得特别强调的问题,福尔摩斯先生,法医说可怜的金斯莱似乎是饿死的。"

"饿死。"福尔摩斯说罢,陷入了无言的沉思。

"那是因为不管姐姐和贝恩斯如何劝说,金斯莱都不肯吃一块面包,所以才会饿死吧。"

雷斯垂德再次说道。而福尔摩斯沉浸在深深的思索之中，一言不发。

"那么，福尔摩斯先生，接下来轮到你了，请告诉我为什么弄出这么浓的气味。"

作为与福尔摩斯有长期交往的朋友之一，这位警官的急躁态度多少有些欠考虑。

我的朋友对此嗤之以鼻，不耐烦地摆摆手说："我现在没有工夫理会这种小事。"

雷斯垂德果然不太高兴，他的忍耐力不及我的一半。更有甚者，作为一名刑警，他的自尊心丝毫不亚于福尔摩斯。

"哦，是吗？福尔摩斯先生。"雷斯垂德说道，"到今天为止，我一直把自己当成你的朋友。看来这十多年来都是我一厢情愿。你我的内心就像地球和月亮一样相距甚远。我算是明白了。如果允许的话，我也想在警署大厅附近烧破布玩玩！不过，等我退休后再考虑吧。那么，二位请多保重。下次如果再有木乃伊被放入停尸间，还是默默掩埋掉吧。毕竟若只有我一个人开诚布公，就太不公平了！啊，对了，我想等这个案件解决的时候再见面吧，但会是什么时候呢？但愿那时我们还记得彼此的长相。"

雷斯垂德恶狠狠地嘲讽了一番，便甩门而去，福尔摩斯仍一声不吭。和雷斯垂德不同，我无处可去，只好回到自己的椅子上，开始阅读医学报的后续报道。

福尔摩斯终于开口说话,在我还差几页就读完那本不算薄的专业杂志的时候。

"这是什么情况啊!"福尔摩斯一脸苦涩地说,"真是个愚蠢的骗局。我们上当了,犹如婴儿被人灌入伪装成牛奶的白色蓖麻油。那就不能这样下去了,华生,我还有很多不明白的事情。要想把这个罕见的狡诈之徒逼到绝境,必须一步步站稳脚跟。"

接着,福尔摩斯急匆匆地从椅子上站起来。

"你不担心我们警察局的老朋友吗?"我问。

"警察局的?哎呀,雷斯垂德回去了啊。"

"他是被你气跑的呢。"我说道。

福尔摩斯的脸色沉了下来。

"你的意思该不会是我说了什么惹恼他的话吧,华生?"

"被你那样说,全英国的人都想回家吧,除了一个男人。"

"那是谁?"

"就是我啊。"

"哈哈!你想说的是普通人吧。那样的话,只要他看到《泰晤士报》上《在福尔摩斯的协助下,雷斯垂德成功侦破普利奥里的木乃伊事件》这一标题,就会心花怒放吧。"

福尔摩斯把外套披在肩上继续说:"这才是普通人的模样。"

说完,他快步走了出去。

在那之后的一段时间,我的朋友非常活跃地展开了一系列行动。他爱用的摇椅被冷落了两三天。

从福尔摩斯的言谈中可以得知,他短途旅行的目的地要么是爱丁堡,要么是曼彻斯特。他一定是在追踪金斯莱的行踪,或是去探访金斯莱和玛丽姐弟俩小时候一起生活过的小镇。但是,他的脸色丝毫没有接近成功时所表现出的那种喜不自胜的样子。

"进展很不顺利哟,华生。"福尔摩斯曾这样说过,"真伤脑筋,好久没遇到如此棘手的事件了。真是个狡猾的家伙,我们一点儿证据也没有。

"在我们微不足道的探案生涯中,这可以说是史无前例的离奇古怪。凶手的智商在我们迄今对付过的对手当中,也应该算是上等类别吧。正因如此,我才想尽快将他绳之以法。

"其实只有一个办法,尽管它非常不靠谱,成功的希望也很渺茫,但至少能弄清楚事件的诡计。

"不过那个时候,这位狡猾的绅士应该已经逃到世界尽头了吧。因为那个办法啊,华生,必须等好几个月。不能再这样悠哉游哉下去。光是解开事件的谜团也无济于事。我一定要抓住这个家伙,哪怕是赌上我在伦敦稍有名气的名号。"

然而,第二天回到家的福尔摩斯,一副筋疲力尽的样子,似乎连几句话都懒得说。他挣扎着脱下外套的时候，一张小纸片掉在地上。这是康沃尔半岛尽头兰兹角的精神病院院长的名片，很明显，福尔摩斯去见过那位玛丽·林奇了。院长名叫理查德·尼布希尔，在医学杂志上经常能看到他的名字。

"你注意到了吗，华生？"福尔摩斯有气无力地问。

"是的，因为名片主人住的地方实在令人难忘。说到康沃尔，不就是四年前我们一起去疗养的地方吗？不过，那时我们卷入了莱昂·斯坦代尔博士的离奇事件，根本顾不上疗养。"我说道。

"真是火眼金睛呐！最近你颇有长进，有时甚至令人嫉妒。没错，我见到了那位不幸的妇人。在她内心，所有戏剧性的要素都在激荡旋转。无论多么戏剧性的虚构故事，在她面前都会瞬间黯然失色。

"正因为我们所面临的这个事件的进展如此非同寻常，作为记录者的你才会产生极大兴趣吧。可是，华生，我有个请求。我想这次记录的只会是我探案生涯中一次极为罕见的大失败。"

福尔摩斯只说了一句，便钻进久违的心爱的椅子里，久久地沉默着，不停吞吐烟斗里的烟。他似乎在犹豫如何继续接下来的话题，由于他长时间的沉默，我的脑海中不知不觉浮现出康月半岛尽头的芒特湾一带的景观。

那是一个奇特的地方，与"地角"之名相称的阴森的岩石峭壁和自古以来令帆船船员畏惧并视为死亡陷阱的暗礁，正被寒冷的波涛冲刷着。

我们借宿的房子坐落在陡峭的悬崖尽头、朝着大海延伸的地方，是一栋孤零零的白墙独栋建筑，仿佛被人遗忘了一般。从窗户望出去，芒特湾荒凉的全景尽收眼底。

我们在无数海上探险者死于非命的白浪汹涌的海之墓地上方度过了几个星期。看着福尔摩斯独自静静地俯视船员们的艰难处境，我察觉到这片土地与他苦涩的气质十分相称。

当他厌倦大海时，就会在兰兹角的荒野上游荡徘徊，寻觅几个世纪以前灭绝的民族遗迹，探寻反映有史以来生死搏斗痕迹的土垒，一个人沉浸在冥想中好几个小时。

如今，精神失常的玛丽·林奇应该就在那片土地上吧。我想象着独自站在崎岖不平的悬崖岬角上，潮湿的海风吹乱了她的头发。

"只把成功的事件公之于世，这种做法实在不值得钦佩。"

福尔摩斯突然继续说道，打破我的冥想，我这才回过神来。

"我在伦敦和你一起做了大量工作，我认为其中一些虽然微不足道，却能起到净化这个世界的作用。我发誓无论何时我都不曾为个人名誉、金钱欲望之类低级的东西而动摇。"

"我很清楚。"我回答。

"所以，鉴于我至今为止的微薄功劳，我想拜托你，在这最糟糕的失败给我带来的心灵创伤痊愈之前，暂时不要对外发表关于此事的记录。这样的请求是否太过任性了？"

我终于理解了他想表达的意思。可是，失败？！我差点儿叫出声来。我对他的这番言论感到非常不满，但没有说出口。

"怎么会呢？"我说道，"福尔摩斯，既然你希望这么做，我有什么理由反对呢？当然可以，我向你保证绝不会把这件事的记录公之于众。"

于是，福尔摩斯感慨万千地说："朋友真是无可替代的财富啊！"

在福尔摩斯和我的有生之年内，我绝对不会将这份记录公之于世。

二月十二日星期二，福尔摩斯像往常一样出去了，我一个人去贝克街吃午餐。普利奥里路的木乃伊事件已经过去将近一周了。

由于路面结冰，脚下很容易打滑，我小心翼翼地走着。这时，听见身后有人在叫我。那声音带着微妙的外国口音，我感到奇怪，回头一看，原来是那个叫作夏目的日本人。夏目个子不高，走路方式有点儿特别。他急急忙忙地追上我,问道:"您好,医生,您的朋友最近还好吗?"

"我倒是挺好,福尔摩斯怎么样就不太清楚了。"我回答道。

夏目说他每周二都会去前边的克雷格博士家中上课,现在刚上完课准备回家。我邀请他一起去我和福尔摩斯经常光顾的马提尼饭店吃午餐。

在靠窗的餐桌落座后,他从口袋里掏出先前那张写着"61"字样的纸片,递过来给我。"如此重要的证物,让我保管了这么久。"夏目郑重其事地说,"那之后我想了很久,遗憾的是没能帮上什么忙。"

"请不要在意。福尔摩斯也不希望因此打扰到你的留学生活。话说回来,你是在研究莎士比亚吧,夏目先生?"

于是,夏目略带羞涩地笑了笑,微微摇头。

"简直不足挂齿。贵国这位巨人留下的文化遗产,如同我横渡而来的大海一般浩瀚。我现在所做的事情,就像是在岸边拾起一枚枚贝壳。"

"你太谦虚了。"我说道,"听说你学习很用功。"

"年轻的时候谁都要学习。"

"上了年纪也同样需要。尤其是看到福尔摩斯,我更是这样认为。他目前在学习的是关于'61'的研究。"

之后,我们专心用餐,把端上来的食物吃个精光。吃完后，夏目谈到了住在贝克街的老师克雷格。他告诉我，今天请求老师修改他写的文章时，竟被老师要求支付本月学费和额外的酬金，这令他非常吃惊。

接下来，我们的话题转向那个事件，聊起了木乃伊。按照常识来说，在英国是不可能把尸体做成木乃伊的。这也是我作为医生的观点。可是，那个凶手却在一夜之间完成了这件事。夏目列举了各种可以在一晚上将一个人的尸体变成木乃伊的方法。

"吸血鬼的话，能做到吗？"夏目说道。

"你说什么？"

"吸血鬼哟，就是具有吸食人血癖好的有名怪物。你的作品中确实也提到过那种东西。"

"你读过那本吗？"

"不止那一本。从那以后，我就顺便拜读了一些关于你和那位著名朋友痛快冒险的记录。"

"不过，我和福尔摩斯都不相信吸血鬼这一物种的存在。"我说。

"我也一样。所以，我说的是某种有吸食人血癖好的动物，或者是更低级的生物。有人将那玩意带入不幸的金斯莱的卧室，一滴不剩地吸干了他尸体内的血液，这种情况有可能吗？"

我恍然大悟。说起来玛丽曾说过金斯莱房间中有两三只蜥蜴。但据我所知，任何蜥蜴都不会吸血，对于这样的意见,作为医生我很难认同。

"运用某种医学仪器抽干尸体中的血液,然后在旁边生火,利用高温烘干,这样做能否使其一夜之间变成木乃伊呢?"

"绝无可能。人体中的水分不仅仅是血液。就算抽光尸体中所有的血液,它也不会立刻变成木乃伊状。"

"哦,是吗?"

"而且,即使存在那种方法,凶手也无法从任何地方进入那个房间。"

"是的,我还想过会不会是凶手为了避免作案途中被人妨碍,才钉住了房门……"

"可是,钉死房门的不是别人,而是金斯莱本人哦。"

"是啊。"

"金斯莱的房间从内部被牢牢钉死,而且贝恩斯说他凌晨两点来到房前的走廊后,连床底下都好好检查了一遍。因此,可以确认当时房间里只有金斯莱一个人。

"况且,假设有人进去了,他就必须出来。不止那个房间,宅邸内的所有窗户上都积着一层薄薄的灰尘,没有人进出过的痕迹。

"再说,金斯莱房间的正下方是玛丽夫人的卧室,所以想要爬墙从他房间的窗户侵入是很困难的。"

"原来如此，真是个难解的谜题啊。另外，即使凶手真的存在，也完全不明白他究竟为了什么而策划这样的事件，华生先生。如果金斯莱是被人故意杀害的话，那么谁会因此获益呢？事实上谁都没有从中获益。"

"是的。"我答道。

夏目相当聪明。如果福尔摩斯在这里，他一定会对我说："华生，他是我们的伙伴。"

"所以，金斯莱果然还是像他自己生前说过那样，被什么人报复了吧。除此之外想不出其他解释了。"我说。

"福尔摩斯先生也是这么想的吗？"夏目问。

"案件侦查过程中，福尔摩斯通常不会透露任何想法。不过，我觉得今天你谈的观点很有意思，我会转达给他，他一定也会有同样的感觉吧。"

用餐结束后，夏目说："如果是这样，我将感到无比愉悦。因为我参与了英国历史上最出色的破案工作。那么，再见，华生先生。托您的福，我有幸尝到了到这个国家以来最美味的午餐。今后若需要我作为东方人所掌握的知识，请不必客气，随时告知我。我很乐意助你们一臂之力。"

夏目说完，握住了我的手。

7

我在弗洛登路的住处位于桥对面的郊区，从这里去市区属实麻烦。因此，我大都是待在家中，每周最多去一两次市中心。于是，我决定每周二去贝克街上课时顺道去查令十字街阅读古书，或者去参观大英博物馆。

二月十二日星期二，我要前往克雷格老师家，一边看着华生先生交给我保管的写着"つね61"的纸片，一边离开了出租屋。最近，只要在写作和阅读之外的空闲时间，就会盯着这张纸研究，但始终想不到什么好主意。从郊区到市中心有相当远的距离，所以途中有充裕的时间去思考。

首先，我必须步行至肯宁顿。这里有离自己住处最近的地铁站，步行大约需要十五分钟。

到达肯宁顿车站后，付十分钱乘坐升降电梯。这座文明之都的升降电梯十分有趣，我第一次乘坐的时候吓破了胆，宛如歌舞伎舞台下方的升降装置。

电梯一般可同时乘坐三四个人。搭乘上去后，工作人员关闭入口，用力拉升降绳，电梯便"咚"

的一声下降。就是这样一种潜入地下的装置。当电梯升上地面时，简直像是西装革履的仁木弹正（歌舞伎角色名）登场一样。

地下灯光明亮。我在站台上不小心弄掉了"つね61"纸片，身旁的男士马上捡起来递给我。英国人一般都亲切友善。我说了声"谢谢"，然后收好纸片。

列车大约每五分钟一班。这是非常合理的安排，因为在地下等太久不是愉快的体验。

从这里乘坐地铁跨越泰晤士河河底。同乘的伦敦市民大都会拿出报纸或杂志阅读。这已成为一种习惯。

在我看来这种习惯有些可怕，因为在地下空间里我无论如何也读不了书，连稍微思考一下复杂的问题都做不到。首先，因为空气很难闻，其次是列车十分颠簸，我只想呕吐。虽然也有自己胃不好的原因，但实在很不舒服。

这样经过大概四个车站后，就到了银行站（英国银行前）。这一带是伦敦城地区。在这里换乘另一班地铁列车，一直向西行驶至贝克街，不用到地面上去转车。这是地下换乘车站，只需从一个地道转移到另一个地道，就像鼹鼠在洞穴中散步似的。

在地道中行走一町[①]左右，就会看见所谓的两

[①] 日本的一种长度单位，1町约合109米。

便士地铁①。这是一条新建的地铁线路，以银行站为起始站，向西横贯整个伦敦。无论在哪个站上车或者下车都只需两便士（即日本的十分钱），因此得名"两便士地铁"。

熟练乘坐地铁后，就会发现这种交通工具简直是文明的利器。坐在地下列车中，不知不觉之间就抵达目的地了，只需忍耐一下"哐当哐当"的刺耳声音即可。

乘务员每次开关车门都会大喊："下一站，邮局。"等等。每到一站就要报告下一站的名称，是这种地铁列车的特色。

上完课后，我在贝克街上走着，发现前面有个熟悉的身影，定睛一看原来是华生医生。我追上前去跟他打招呼时，华生医生邀请我共进午餐。

在贝克街的一家餐馆落座后，我从口袋中取出一直保管的"つね61"纸片，还给了华生医生，并抱歉地说自己似乎没有帮上忙。接着，我们漫无边际地聊了起来。

当我提及前几天在路上被女装打扮的福尔摩斯搭讪的事时，华生医生的脸色一下子阴沉下来，只见他一副思前想后的表情，对我说其实最近福尔摩斯的病情不太好，曾私底下劝说他住院治疗过一段

---

① 伦敦地铁的俗称。现在的地铁中央线。

时间，本以为已经痊愈就放下心来，没想到最近病情又复发了。

我向他询问福尔摩斯似乎把我错认成莫里亚蒂的事情，华生医生一脸快要哭出来的样子，说其实世界上根本不存在莫里亚蒂这号人物。我问他是怎么回事，华生医生犹豫良久，终于下定决心，向我坦白了如下惊人的事情。

"你是外国人，所以告诉你也不碍事。福尔摩斯从一八八零年左右起大脑状况就不正常了，在工作上总是出差错，比如推断错误、认错凶手，有一次差点把雷斯垂德逮捕了。去苏格兰场的档案室查阅一下就会知道，那个时期有相当多的案件陷入僵局。"

"后来，福尔摩斯的情况越来越糟糕，于是我决定把好友送进精神病院接受治疗。那是一八九一年的事，福尔摩斯住了三年医院。可是，我在送福尔摩斯进医院的时候，实在没想到他还能治愈出院，因此我决定对外宣称福尔摩斯已葬身于欧洲大陆的瑞士。

"不过，福尔摩斯毕竟是名声显赫的大侦探，总不能说他是和附近的街头流氓互殴而亡的吧，于是我急忙编造了一个名叫莫里亚蒂的世纪大坏蛋。因为这是突然虚构的情节，为了和之前的故事保持连贯，我费了不少功夫。然而，福尔摩斯自己似乎已经分不清我编造的故事与现实的区别了。令人头疼的是,直到最近我才知道他以前曾师从一位名叫莫里亚蒂的家庭教师,事情变得有些不可收拾。只要看到奇怪的人,不管是谁他都会问一句'你是莫里亚蒂吧'。

"而且,越来越多读者指出《最后一案》中有许多不合逻辑之处。比如说,瑞士人明明很擅长搜索遇难者,为什么没有找到福尔摩斯和莫里亚蒂的尸体?福尔摩斯藏身于悬崖边上时,莫兰上校朝他砸去一块石头,作为英国数一数二的神枪手,他为什么没有用枪射福尔摩斯?还有,福尔摩斯去西藏拉萨地区流浪,但据说在十九世纪八十年代,拉萨是严禁欧洲人进入的。以上每一点都是合乎常理的指摘,事实险些就要败露。况且,福尔摩斯又变不正常了,请看这个。"

华生医生撩起前额的刘海给我看,那里肿起来一个大包。"昨天晚上福尔摩斯趁我睡着突然用平底锅砸了我,我实在是累坏了。"

说着,华生将餐巾贴在脸上,好像不小心碰到了肿包,他吃痛地叫出声。我不知道该说些什么来安慰他,突然灵机一动,决定谈谈我的老师克雷格先生。克雷格老师也是个怪人,我也经常因为他蒙受损失。我想,聊这个话题或许多少能给华生医生一些安慰。

我说出克雷格博士的名字时，华生医生问我是如何认识他的。我回答说是伦敦大学的威廉·卡尔教授介绍的，他又问我克雷格是什么样的人。于是，我终于有机会向别人尽情倾诉克雷格老师的异于常人之处，便详细地介绍了他的情况。内容大致如下：

克雷格老师是个古怪的爱尔兰人，福尔摩斯也是个古怪的人。这样想来，贝克街看上去就像是怪人的聚居地。

克雷格老师从不开玩笑，想必他认为自己是一个非常古板的人吧。不，关于自身的情况，老师或许没有任何看法。他感兴趣的只有莎士比亚，以及为莎士比亚研究提供资料的大英博物馆。除了去大英博物馆以外，其余时间老师从不外出。所有的家务都是由简这个总是一惊一乍的保姆婆婆来做。克雷格老师早上起来就开始读莎士比亚的作品，查阅相关资料，撰写关于莎士比亚的文稿，偶尔觉得资料不够就去大英博物馆查阅一番。回家后又继续阅读莎士比亚，然后上床睡觉。他的生活仅仅如此，极其单调平淡。看来他打算一辈子坚持这种生活方式，所以才会对居住环境和衣着打扮毫不关心，怎样都无所谓，而且也不会在意别人的闲言闲语。听说老师辞去了某大学教授这一体面的职位，以便腾出时间去大英博物馆。

所以，克雷格老师很缺钱。但他作为学者，总需要钱买书。这样一来，遭殃的便是我了。尽管我十分敬佩老师满腔热忱的研究态度，但在钱的问题上，他却常常令我伤透脑筋。

如果老师特别想买一本书，就会对我说："突然想起来我需要一些钱，你今天就把本月的学费交了吧。"当我从裤袋中掏出金币，毫不遮掩地递给他时，老师一边说着"啊，不好意思"，一边伸手接过钱，立刻塞进裤袋里。更让人头疼的是他绝不会找零钱给我。我想应该会有结余，就打算转为下个月学费，可是下个星期他又来催我要钱买书。老师多健忘，尤其是钱的方面总是忘得一干二净。说到健忘，老师甚至常常会忘记他是我的私人教授。

忘了是什么时候，除了莎士比亚以外，我还带去了在旧书店买的斯温伯恩（英国诗人）的《罗莎蒙德》（1899年的作品），老师让我给他看一下，然后噼里啪啦地翻看了一会儿，突然又朗读起来。

老师朗读诗歌时的样子很值得一看，简直如痴如醉，肩膀处犹如晃动的热霾般不停颤动，这样的形容确是事实。可他刚读了两三行，马上又粗鲁地把书倒扣在膝盖上。我茫然地看着他，不知道发生了什么事，只见他不胜感慨地摘下夹鼻眼镜，挥舞着说："啊，不行不行！斯温伯恩也老到要写这种东西了吗？"

说着，他长长地叹了口气，好长时间像咽气了似的一动不动。无论我多么努力想吸引他的注意都无济于事，他完全没有要上课的打算。

转念一想，老师其实是一个容易感情激动的人，所以有时候会突然变得活跃起来，甚至忘记他人的存在。有一次，我随口说到自己关于华生（同名异人）这名诗人作品的感想，先生听后感到非常满意。我以为他会像往常一样用力敲打膝盖，站起来在房间里急急忙忙地踱步，但没想到这次他打开窗户，探出头去，远远地俯视着楼下匆忙的行人，对我说："你看，街上人来人往，但其中懂诗的不到百分之一。真可怜啊！英国人到底是不懂诗歌的国民，在这方面爱尔兰人就很了不起，要高尚得多。所以，能理解诗歌的你和我，不得不说是很幸福的……"这样的话我反复听了将近一个小时，这时候也完全没有要上课的迹象。

老师夜以继日致力于编纂《莎翁字典》（莎士比亚词典）。他的房间既没有书房也没有客厅，在玄关旁边一个呈直角状的拐角处，摆放着他最珍贵的宝贝——十本长约一尺五寸、宽约一尺的蓝色封面的笔记本。老师每当灵感涌现时，就在纸片上写下字句，之后再整理起来记录在蓝色封面的笔记本上，就像吝啬鬼将钱存入罐中，他把一点一滴的积累作为一生的乐趣。来到这里好一阵子，我才知道那些蓝色封面的笔记就是《莎翁字典》的原稿。

我曾经问过老师,明明已经有施密特的《沙翁字汇》(德国英语学者施密特的莎士比亚辞典)了,您为什么还要编撰《莎翁字典》呢?

老师露出不屑一顾的表情,他拿出自己的施密特的《沙翁字汇》叫我看。我仔细一看,果然是施密特编纂的字典,但前后两卷的第一页被涂抹得漆黑、一塌糊涂。我不禁"唉"了一声,惊讶地看着施密特字典。先生颇为得意地对我说:"如果只是要做出和施密特差不多水平的词典,我倒用不着这么费劲。"说着又把两根手指并拢,开始啪嗒啪嗒地敲起漆黑的"施密特"来。

"您到底是从什么时候开始从事这方面研究的呢?"

听我这么问,老师站起身走到对面的书架前,不停地翻找着什么,但在这种情形下一般都找不到。除非是常用的和莎士比亚研究有直接关系的书,否则老师绝对找不出来。因此,他总是像找到了似的焦急地大吼大叫:"简……简,你把我的道登(英国莎士比亚学者)藏到哪里去了!"

保姆婆婆像往常一般一惊一乍地出现了,当然她并不是真的感到惊讶。只见她迅速走到要找的书面前,说了声"哎呀,给你",然后"啪"的把书放在老师手里,便离开了。老师急躁地翻阅这本书,不久终于找到某一页,连连说道:"嗯,在这里,在这里。道登先生在这里郑重地列举了我的名字,还特别注明是'莎士比亚研究者克雷格氏'。这本书出版于……一八七〇年,而我的研究早在更久之前就开始了……"

我完全被老师那般含辛茹苦的毅力所折服。这样算起来,他从事莎士比亚研究工作已经三十多年,说不定有四十年了。

我顺便问了问老师他的研究何时才能完成。老师一边把道登的书籍放回原处,一边说道:"谁知道是什么时候,不过是至死方休罢了。"

在我声情并茂地讲述这些关于克雷格老师的故事时,华生先生始终愉快地聆听着。当我说到贝克街是怪人聚居地时,他恍然大悟,并表示十分认同,说道:"确实如此,我的朋友和我都不大属于普通人的类别。"

华生的精神好像稍微振作起来了,因此我决定谈一谈自己对"61"的一些想法。一开始没有说是因为我担心自己的意见太外行了,所以不得不先谈论其他话题再顺带提出来。

我下定决心,开门见山地说或许这个"61"表示的是金额,因为我在伦敦这个异国城市生活一个月所需的最低费用正好是六十一日元,这个偶然因素引起了我的注意。

在英国，生活上的花销昂贵得令人望而生畏。六十一日元在日本绝对不是笔小数目。非但如此，在东京仅靠这金额一半的月薪度过一个月的人恐怕比比皆是。后来我才知道，正冈子规等人甚至特意在墓志铭上留下"月薪四十日元"的遗言。这是因为正冈很早以前就经常想要每月有五十日元的收入。他也跟我吐露过好几次。临终之前，正冈每月有正规收入四十日元，加上《杜鹃》（杂志）的稿酬十日元，共计五十日元。他对此感到非常高兴。

在这种情况下，如果世人知道我每月从本国收到一百五十日元汇款作为留学费用的话，会如何评说呢？于是，我试着努力过一回省吃俭用的生活。毕竟我没有理由用国家经费去过悠哉游哉的安逸生活。我决心把生活费控制在最低限度，剩下的钱则用于购买书籍和进行各种学术研究。这样算来，每月所需生活费即六十一日元。

稍微详细说明一下，我目前所住弗洛登路的出租屋，住宿费每周十五日元，一个月就是六十日元，这其中还包含了伙食费，也就是说每月只要有六十日元，起码能在伦敦生存下去。当然也不可能完全不坐马车和地铁，所以无论如何也得再加一日元。

伦敦的房租很贵。我之前在普利奥里路那间阴森的出租屋，每周租金二十四日元，最早入住的高尔街那间每周租金四十日元以上。因此，我认为对于外国人来说，每月六十一日元应该是最低的生活开销了。如果在这个城市里有一个和我境遇相似的日本人，他很有可能会鞭策自己"常用六十一日元生活吧"。

听了我这番话，华生先生似乎颇感兴趣，问我："六十一日元换算成我国的货币单位是多少钱呢？"我回答说五英镑多一点儿。他听后瞪大眼睛，说一个月只有五英镑的话，自己根本无法维持生活。他又问我一百五十日元相当于多少英镑，我说是十二英镑十先令，他表示这个数额差不多够用了。华生说他刚认识福尔摩斯的时候——大概是二十年前——当时正处于他在印度前线随军负伤后回国休养的时期，英国政府每月支付给他的生活保障金大约是十七英镑五先令。华生笑着说，考虑到这是作为身体中弹的补偿，他每月比我多五英镑也没关系吧。接着他又说，谢谢你提供的这些参考意见，福尔摩斯知道的话一定会很高兴。

之后，我们聊了一会儿关于木乃伊的话题，接着又聊起贝克街的克雷格老师。华生问我那位克雷格先生真的那么缺钱吗？我回答说是的，其实今天也发生了一件令人为难的事。我请求老师帮忙修改英语作文，却被他要求支付本月学费以及额外的酬金。我认为修改作文的费用理应包含在每月学费的范围内，老师却总是把别人的钱视为自己所有。

听我说罢，华生感慨万千地说："同样作为住在贝克街的居民，福尔摩斯就有很强的责任感，虽然脑袋有些不正常，但他对金钱毫不在乎，面对有困难的人总会挺身而出、慷慨解囊。"说着，他结了账，然后笑着对我说："下次上课的时候如果又遇到这种情况，你就到我这儿来，我请你吃午餐。这样我们英国欠夏目先生的账就能一笔勾销了吧。"

8

"我到底是怎么了,华生?"福尔摩斯问道。不久后,他便不再外出,他那遍布四面八方、引以为傲的搜查网,似乎也越来越靠不住了。

"案件的线索基本上有头绪了,对于那个坏蛋却仍然束手无策。"

"让雷斯垂德去逮捕凶手不就行了?"

"不过,那家伙可不是那种在苏格兰场附近随便一查就会轻易上钩的蠢货。我敢打赌,雷斯垂德很容易白跑一趟吧。而且,就算成功逮捕了凶手,也完全没有证据定罪。我们那罕见的想象力肯定会被大肆嘲笑。结果不过是被拘留几天然后释放,临走时对我们说一句'那就再见了',可想而知我们那时会多么羞愧、悔恨。

"华生,看来也快要到我从这个华丽的探案舞台全身而退的时候了。我还是躲到安静的乡下隐居,找几个愿意听我诉说往事的伙伴吧。幸好我有许多珍贵的回忆,不管多么难对付的人,我保证不让他感到无聊。"

这是我第一次从福尔摩斯这样自信的人口中听到这种丧气话。

"要找到愿意听你回顾往事的家伙，怎么说呢，我觉得有点儿困难。"我用略微严厉的语气反驳道，"伦敦市民还是希望你能采取实际行动，早日将凶手绳之以法，而不是要听你追忆往昔。"

不过，福尔摩斯对我这番话没有发表任何意见，他的眼神仿佛在眺望远方，像在追问康沃尔精神病院的那位妇人是不是也会这么说。

"普利奥里路的林奇宅邸今后会如何处置？毕竟主人不在了。"我说。

现在为了让他继承这个幸运的权利，正在寻找他的下落。

"去年去世的主人杰斐逊·林奇好像有个弟弟，听说他也失踪了。现在他幸运地获得了继承这些财产的权利，警方正在搜寻他的下落。在那之前，忠心耿耿的贝恩斯夫妇会好好地守护那座宅邸吧。毕竟是那样丰厚的遗产，我相信很快就会找到他，贝恩斯夫妇早晚会迎来新主人。"

"华生，有人正在上楼呢，是谁呢？哎，我可没心思去迎接客人。如果不是苏格兰场的警官来'报仇雪恨'的话，那就谢天谢地了。再说，我现在也不想承接新的案件……啊，这是我梦寐以求的客人！请进屋来，到壁炉旁就座。只要品尝了华生为你调制的白兰地，你就永远不想回日本了。"

来访的客人是那个日本留学生。

"你们好，福尔摩斯先生，华生先生。上周承蒙华生先生的款待。"他依旧礼貌地问候道。

"夏目先生，对了，今天也是星期二呢。这次是否又被克雷格博士索要额外的酬金了？"我问道。

夏目微微一笑，回答说："那倒没有，因为我也变得聪明了些，学会了处世之道。"

"你们好像变得更熟悉了呢。来，请坐在这张沙发上，说一些我也能听懂的话吧。我听华生说了，你好像也对那件事很感兴趣。"

"我就是想试着模仿你的样子进行推理，福尔摩斯先生。当然，这只是无聊的消遣。我无法像你那样取得进展。对我来说，那个事件至今仍是未解之谜。

"不过，我向华生先生打听过，他说你已经彻底破解了那件案子。可是至今已过去一周，各类报纸上仍然没有刊登案件破解的报道。这到底是怎么回事？我想说不定有我能帮上忙的地方，所以明知会打扰你们，我还是登门拜访了。"

"感谢你的好意，夏目先生。但在我看来，东方的神秘诅咒什么的都是一派谎言，只是虚张声势的伪装而已，这是与我们同一民族的罪犯所设下的阴谋诡计。

"非常感谢你的好意,夏目先生。这起事件嘛,在我看来,似乎不是与东方神秘事物有关的事件,还是本民族罪恶智慧结出的毒果哟。"

"作为东方人,听到这个消息,我总算是如释重负。那么,那张写着'61'的纸上的文字也不是日本文字吗?"

"解决后我会告诉你一切。目前还有许多不明白的事情,那也是其中之一。事件本身的不明因素在我心中逐渐明朗起来。但是,要揭开谜底仍然存在困难。"

"现阶段的调查很艰难吧?"

福尔摩斯稍微停顿了一下,回答说:"嗯,是的。"

之后,我们三个人又闲聊了一会儿。听到福尔摩斯说东方的神秘事物不过是虚有其表时,我总感觉夏目的内心多少是有点失望的。

当谈论到日本有关的话题时,福尔摩斯说以前曾向一个日本人学习过一种叫作"BARITSU"的日本传统格斗术,他年轻时很想去一趟日本看看。

"BARITSU?"夏目发出诧异的声音,转而又问,"啊,你说的是武术(BUZYUTSU)吧?"

"武术(BUZYUTSU)?啊,原来是这样发音的吗?迄今为止我都记错了。日语可真难啊!"福尔摩斯说道。

"不过,我没想到您这个大名鼎鼎的英国人,竟然学会了我国的格斗术，真是出乎意料啊！"

"多亏了它，我才能活到今天。如果没有学会BARITSU……不好意思……如果没有学习武术的经验，早在一八九一年我就和莫里亚蒂一同长眠于瑞士了。"

"啊，看来日本的传统智慧也可以为大英帝国提供不小的帮助。这次的木乃伊事件，要是我所拥有的日本知识能够再一次发挥作用就好了。"夏目说着，从怀里掏出手表看了看。

"那么，我差不多该告辞了。毕竟是国家公费留学生，我没有多少自由支配的时间。对了，那位玛丽·林奇女士现在怎么样了？"

夏目刚要站起来又重新坐好，这样问道。我一时有些慌张。这对福尔摩斯来说应该是一个不太愉快的问题。我很后悔上周与夏目一起吃饭时，没有事先知会他最好不要在福尔摩斯面前提及此事。

我在一旁连忙插嘴，若无其事地快速作出了说明：她在看到变成木乃伊的弟弟那一瞬间精神就失常了，如今正在康沃尔的精神病院疗养。

夏目由衷地表示同情，他喃喃自语地说真是太可怜了，还说自己在日本也听说过类似的事情。

"不过，那位日本妇人的病情比较严重，即使在外行人看来也需要很长时间才能康复。但玛丽·林奇的情况，很有可能是因为经受刺激而引起的暂时性症状。难道就没有什么有效的治疗方法吗?"夏目转向我问道。

"你有什么好主意吗?"我反问道。

夏目坐在沙发上沉思了一会儿。不久,他站起来走到窗边,有点儿不好意思地笑着说:"这是外行的想法,请不要笑话我班门弄斧。"

我点头答应。

"比如,这样的方法如何?让那个妇人觉得她弟弟还活着。如果能让她相信的话,那就表示她所受的刺激在那个时候应该只是暂时性的,不是吗?那样一来,之后的治疗也就不会产生不良的结果了吧。"

听到他这个天真的主意,我忍俊不禁地说:"可是,要怎么做呢?夏目先生,金斯莱已经死了。"

"就是说,比如找一个和金斯莱长得极其相似的男人。也许因为我是日本人才会这么想,英国的男士大多蓄着胡须,尽管我也是。像这样有着相似脸部轮廓的人,我觉得他们长得很像。我想整个伦敦一定有和他长得很像的人。找到目标后可以请管家夫妇做最终的鉴定,他们曾经和金斯莱在同一屋檐下生活过一段时间,所以应该清楚地记得他的模样。"

"可是,要如何从这数量庞大的伦敦市民中寻找呢?"

"只要在报纸上刊登广告就行了！"

大叫出声的竟是福尔摩斯。他的眼睛炯炯有神，整个人兴奋不已，如坐针毡。这时，只见他忘乎所以地从摇椅上站起来，急躁地在房间里来回走动，然后两三次握紧了拳头。

不一会儿，福尔摩斯停下脚步，快步走向吓得退到角落的夏目，双手紧紧握住他的右手，说道："多么巧妙的计策啊！为什么我没有早点儿想到呢？太棒了！简直绝妙！谢谢！夏目先生，太感谢你了！

"华生，我终于快要从痛苦中解脱了。作为一名作家，如果你从这个事件的发展中获得了创作灵感，并且打算将它写成一部惊心动魄的大众读物，请务必要写清楚这样一个事实——在事件侦破过程中，真正发挥作用的是这位远道而来的客人，鄙人自愧不如！这次扮演的角色过于谨慎了。

"好了，我们必须争分夺秒。接下来要写广告文案，此事十分紧急，由我来安排。夏目先生，我记得你刚才好像说过，只要是力所能及之事，无论多少你都愿意尽力协助，我没有听错吧？"

"当然没有。若有用得上我的地方，不管是什么我都乐意帮忙。"

"听你这么说我就放心了。明天我们要从伦敦各地招募和金斯莱长得很像的男人，若以我的名义召集他们来这里的话实在不太合适，因为我的名字和贝克街二二一B座在伦敦已广为人知。和金斯莱长得很像的男人说不定就藏在那些有着阴暗过去的人当中。"

"啊？"

"我想借用一下你的房间，弗洛登路作为招募地点是无可挑剔的。你的名字姑且就叫约翰·亨利吧。怎么样？明天一整天你都可能会陷入一场混乱嘈杂的闹剧中，完全没法进行学习。"

"没关系。如果是协助大英帝国的名侦探，日本政府还有什么可抱怨的呢？我一点儿也不介意，只是不知道房东那边会不会有意见……"

"这里大概有五英镑，你把这个交给房东，并转告她说贝克街的福尔摩斯询问明天能否把这个房间租给他和苏格兰场的警官。我想应该会答应的。不过，房东到底答不答应，请你在一小时以内发电报告知我结果。收到电报后，我就安排报纸广告发布。你觉得如何？"

"明白了，我马上回去按照你交代的办。"

"再见，夏目先生。我得立即着手制作广告文案。"

9

二月十九日星期二，我从克雷格老师家上完课回家途中，又顺道拜访了华生医生和福尔摩斯先生。

虽说和福尔摩斯见面难免有些不愉快，但是上周华生医生请我吃了午餐，我想要亲自登门致谢。况且，普利奥里路的木乃伊事件一直悬而未决，我想或许自己能帮上忙。

站在一楼门口，门前挂着一根像是门铃的细绳。以前没有这玩意。这个门铃的绳子让人感觉瘆得慌，我在英国期间来过这里好几次，每当这时，这条绳子总是时而出现时而消失。

关于这些方面，还有一个不可思议的东西是电话。这一天，福尔摩斯的桌上放着一台当时在伦敦也很稀罕的台式电话机。上次来的时候并没有这台电话，而且之后每次过来，它也是时有时无。恐怕是脑子不正常的福尔摩斯到处拨打恶作剧电话的缘故，所以华生把电话藏起来了吧。

两人都在家。华生额头上贴着创可贴，福尔摩斯则一副慵懒闲散的模样，背对着我坐在摇椅上轻轻摇晃着。

我们东拉西扯地闲聊了一会儿，我觉得差不多该告辞了，便起身询问普利奥里路那位名叫玛丽·林奇的女主人之后的消息。当然，我只是一时兴起，并没有别的意思。可我话音刚落，我们之间就陷入了一种奇怪的氛围。福尔摩斯扑通一声趴在桌子上，华生先生惊慌失措地窜到我身旁，拽着我的袖口把我带到房间的角落。

据华生医生所说，玛丽·林奇在目睹那个惨剧后就发疯了，现在正在康沃尔的精神病院进行疗养。康沃尔半岛位于英国最西部，是伦敦的知识分子热衷的疗养胜地。华生还告诉我福尔摩斯非常介意此事。

那间精神病院是福尔摩斯曾经住过的医院，正因如此，他总感觉自己仿佛再一次回到了医院，并受困于这种情绪难以释怀。最近他变得越发古怪，看来与玛丽·林奇发疯有很大关系。

我踮起脚尖越过华生的肩膀，抬头看向福尔摩斯，只见他趴在桌上，一动不动。过了一会儿，他一边用右拳敲击自己的脑袋，一边大吼大叫道："啊！玛丽，全都怪我！"

在那一瞬间，我打心底里喜欢上了这个头脑古怪的侦探。因为我曾经在日本也有过类似的经历。我当时也趴在桌子上，在脑海里描绘着发疯妇人的形象，大叫道："啊，都是我的错！"

那是很久以前了，我切身经历过类似的事例。在此简要说明：家父曾收留过一个妇人，听说是远房亲戚。家父收留那个妇人暂住我家的理由，除了有远亲关系之外，还有就是他作为媒人介绍她嫁入了某户人家。

但那桩婚姻并不顺利。不幸的是，出于某些复杂琐事的缘故，那个妇人不到一年就离了婚。一般来说，妇人理应回娘家去，但这其中情况较为复杂，以致她再也不能跨入娘家的门槛。因此，父亲承担起自己作为媒人的责任，暂时收留了她。

于是，我和妇人竟这样开始在同一个屋檐下生活，这完全出乎我的意料。但她因接二连三发生在自己身上的不幸遭遇而感到心力交瘁，精神上出现了明显的反常。

至今我还无法判断出现这种情况到底是在那妇人来我家之后，还是来之前。总之，包括我自己在内的家里人都是在她借宿一段时间之后才发现她的精神状态不对劲的。

因为从表面上看，她与常人无异，仅仅是独自烦闷，沉默寡言。说起来有些可笑的是，每逢我外出之时，不管我多么想悄悄出去，她一定会将我送至玄关，然后对我说："请务必早点儿回来。"

真是奇妙的体验。我和这个妇人完全是毫无交情的陌生人，自己也确实比她年轻一些。尽管如此，她却像是对待丈夫一样对待我。

这种时候，如果我在玄关回答说："嗯，我会早点儿回来的，请耐心等候。"那么她就会连连点头。但若是我没有回应，她则会反复询问："请早点儿回家，可以吗？好不好？"

这使我羞愧难当，无颜面对家里人。父母整日为此愁眉苦脸，厨房里的用人在私底下偷偷嘲笑。当家人发现这个妇人精神不正常之后，我的境况有所好转，但在那之前，她那种女性特有的露骨行为真是叫人为难。

有一次，我曾经试图在这个妇人送我到玄关时狠狠地教训她。我想那样做的话，也许能让她尝到苦头，从此不再阴魂不散缠着我了。

然而，真到了那个时候，当我在玄关迅速转过身去，却发现自己根本做不到。面对那妇人可怜兮兮的模样，别说发脾气了，就连冷嘲热讽也说不出口。

回头一看，那个妇人跪在门口，用那双黑色的眼眸凝望着我，仿佛在诉说自己无法言喻的孤独。那时候，我感觉她好似在对我苦苦哀求："我这般孤苦伶仃地苟活于世，实在是寂寞难耐，请您帮帮我！"

我不禁深深地同情起这个可怜的女人来了。从那以后，我即使外出也不大会很晚回家。回到家后，我一定会避开家人的视线，跑到那个人的身边站好，对她说一声"我回来了"。

不知道妇人的前夫究竟是放荡不羁还是交友广泛，听说他新婚伊始就常常夜不归宿，或是深夜才回家，致使妇人独守空闺，内心饱受折磨。然而，出于种种原因，妇人从不向丈夫诉苦，一味地忍气吞声。那时的种种苦痛伤悲在妇人心中积郁已久，所以在她离婚后来到我家暂住时，便趁着犯病的机会，把想要对前夫倾诉的话一股脑对我说出来了。看来我和前夫的形象在妇人的心中重叠在一起，使她无法分辨。后来那个妇人生病住院，且在医院过世了。死因不是精神病，而是其他疾病。

年轻时的这段经历，在我内心深处留下了长久的伤痕。在那之后，我经常思考其中的原因。我意识到自己之所以对这件事感到如此愧疚，是因为当年在面对那个妇人的凄惨遭遇时，我实在是太年轻、太无力了。

也许有一天，我不再相信那个妇人对我的举止态度是因为精神病发作。不过，无论事实是否如此，随着她去世后时间不断流逝，那种事对我来说已然无所谓了。只是我自己的所作所为成了重要的问题。

当时能够拯救她的人只有我。即使当我长大成熟，多少了解一些社会之后，这一点也不会有错。

可是，由于我的年轻无能，最终对她见死不救。

我从华生医生那里听说玛丽·林奇的情况时，马上就想起了这段经历。于是，一种类似于向那位日本妇人的忏悔心情油然而生，我在想有没有什么办法可以拯救这位英国妇人。不知不觉间，我甚至觉得这是上天赐予我唯一一次，也是最后一次洗脱污名的机会。随即我又想到，自己先前的那个事例是否也适用于这位英国妇人呢？

我家收留那个妇人的行为举止虽然明显超出了常规，但表面上仍是适应日常生活的样子，在旁人看来她和正常人并没有区别。

究其原因，显然是因为有了我的存在。也就是说，作为那女人永远失去的丈夫的替身，我碰巧出现在她的眼前……

假设没有我这样的存在，也许那个妇人的生活态度会变得异常疯狂，使周围人束手无策。既然如此，我们也可以为这个叫玛丽·林奇的英国妇人找一个过世弟弟金斯莱的替身，这难道不是出人意料的好办法吗？

以我的经历为例，风闻日本妇人的前夫与我无论年龄还是外形方面都没有相似之处。即便如此，妇人还是把我误认为她的前夫。那么，如果我们事先挑选出一个长得极像金斯莱的人作为替身，事情的进展会不会更加顺利呢？——我是这样考虑的。

当然，那是冒牌货，不能从根本上帮助英国妇人重新振作起来。从妇人漫长的一生看来，到底是暂时让她尝点甜头的做法更可行呢，还是应该尽量避免？我不是专家，实在难以估量。如果对于想要拯救林奇夫人的人来说，她确是悲痛欲绝的模样，那么尝试一下这种方法也未尝不可。我这样想着，试着说出口。

不出所料，精通医学的华生医生说："可是，要找出外貌相似的人可不容易啊。"他说完便沉默了。这时，福尔摩斯在一旁大叫道："在报纸上登广告不就行了吗？"

我和华生吃惊地望向福尔摩斯，只见他从桌上爬起来，噗嗤窃笑着，随即他的笑声越来越大，竟捧腹大笑起来。然后，福尔摩斯在椅子上使劲儿舒展身体，用力地蹬着地板，但他所坐的并非摇椅，转眼间就向后翻了个底朝天。

福尔摩斯四脚朝天，一声不吭，纹丝不动。我们以为他撞到了后脑勺，急忙跑过去查看。没想到他却大发脾气，怒气冲冲地冲着天花板大喊："华生，你该不会想把一群脸上有伤的流浪汉聚集到我这个光荣的房间里吧？"

华生说那就不要招募了，而旁边的福尔摩斯却不明缘由地表示反对。这下子，华生医生面露难色。因此，我试着说："用我的房间进行招募如何？不过我不能保证房东一定会同意。"

于是，福尔摩斯在空中踢着腿，同时迅速指向我，吩咐道："对，就是这样，华生，就这么做！"

华生一脸无奈地从上衣口袋里拿出五英镑递给我，让我去问一下房东，能不能答应借用我的房间作为招募面试会场。无论答应与否，都请第一时间发电报通知他。我接受了他的提议。

我想房东姐妹不会反对这个请求。因为目前出租屋的租客很少（算上我只有两个人），生意惨淡。五英镑是一笔不小的数目，对她们来说应该是难得的临时收入。

果然不出所料，房东姐妹答复说她们非常乐意帮忙。不仅如此，当我提到福尔摩斯的大名时，她们惊讶地雀跃起来，并在得知我是这位著名人士的朋友后，对我表示了极大的尊敬和礼待。

伦敦市民对福尔摩斯的好感是像我这样的外国人难以想象的。我赶紧向贝克街发了封电报，告知他们这个消息。

我立刻收到了华生先生的回电：招募时间定于明天下午一时至四时，他们计划提前一小时到我的房间。

尽管我觉得这种安排有些奇怪，但还是决定等到明天再说。

10

拿到第二天早上的报纸,我感到颇为惊讶。《每日电讯报》和《伦敦晚旗报》上面都刊登了疑似福尔摩斯投放的广告,其内容却是如下这般奇怪的文字:

左眉伤疤互助委员会
　　在美国创业成功而成为富豪的休·奥布莱恩先生,因其左眉上的大伤疤,从年轻时起就尝尽了数倍于常人的艰辛,但是他今天取得的巨大成就也是因为这个伤疤。为了给有同样境遇的年轻人提供一个成功的机会,他投入部分私人财产成立了这个委员会。
　　这次派遣罗伯特·布朗宁先生前往伦敦,向远隔大西洋的同胞们伸出了援助之手。只要是被这位先生选中的左眉带疤者,都将被安排冒险而简单的工作,并获得高额的报酬。
　　自认为有把握的左眉带疤者,请于本日下午一时至四时到以下地址报到。但仅限于男性。具体地址是……

下面附上了夏目的住址。

我很想问福尔摩斯为什么要发布如此荒唐的广告,但他大清早就不知去向,只在早餐桌上留给我一张写着"在夏目家见"的便笺条。

当我赶到弗洛登路的出租屋时,福尔摩斯早已到了,正和房东姐妹交谈甚欢。看见我的到来,他便吩咐我先去夏目的房间,把床搬到走廊上。

夏目在房门口迎接我,看似有几分心神不定。我说福尔摩斯嘱咐我尽量把房间布置得宽敞一些,然后问夏目是否愿意帮忙,他回答说很乐意。

我和夏目把床搬出去之后,福尔摩斯和雷斯垂德各搬了一把椅子上楼来。后面跟着房东姐妹俩和女佣,她们也人手一把椅子。

"呀,宽敞多了,真是无可挑剔。"福尔摩斯称赞道。

看到雷斯垂德也来了,我颇感吃惊。

"不知道他这次又要搞什么名堂,但我总不能拒绝老朋友的邀请吧。"这位警官像往常般嘲讽道。

福尔摩斯从他手中拿过椅子,然后将包括自己搬来那把在内的五把椅子布置如下:在房间的角落分别摆放了四把,余下那把则放在靠近房间门口的中央位置。

"福尔摩斯，好像多了一把椅子。"我说道。

夏目的房间里本来就有一把书桌配套的椅子。假设夏目坐在那里，还剩下三个人需要坐椅子。即使应聘者还要使用一把椅子，也仍会多出一把。

"预计还有一名客人要来。"我的朋友解释道，然后迅速转身对夏目说："夏目先生，让我给你介绍一下苏格兰场的雷斯垂德警官吧。"

两人握了握手。

"很荣幸见到您。"夏目说道。

"欢迎来到英国。你对这座历史悠久的城市印象如何？"雷斯垂德问道。

"我非常喜欢这里，警官们很亲切。"夏目答道，随后转过去问福尔摩斯："这张书桌怎么处理？也要搬到走廊上去吗？"

"行了行了，更宽敞的房间有的是。"房东说。

"不必费心了，这个房间挺好的，书桌保持原样就行。夏目先生，能否请你坐在书桌前，然后在这个笔记本上记录下应聘者的名字和住址？如果可以的话，我真是感激不尽。拜托了！"

夏目回答说当然可以，而后又问道："那么，我今天的任务就是埋头做笔记，也不用说话，这样即可吗？"

"大致这样就可以了，但也请你随机应变。那么，准备工作到此应该都完成了吧。雷斯垂德，你可以再往窗边靠一点儿。好了，房东太太们，已经没有需要劳烦你们的事了，请移步至楼下更舒适的地方，像平常一样度过吧。我想我们不会再给你们添麻烦了。"

福尔摩斯这种干脆利落的态度，颇有等待好戏开场的舞台导演的风范。等女士们下楼后，福尔摩斯关上门，说道："华生，那就按照事先商量好的那样，由你负责接待应聘者。我只在偶尔注意到某些线索的时候插嘴提问，所以你是今天的主角。关于具体怎么做，昨天晚上我们已经充分讨论过了，应该不会有遗漏。那么失礼了，在冒险开始前，让我先抽支烟歇一会儿吧。"

不一会儿，时钟转到一时三十分。福尔摩斯站在窗边俯视着街道，丝毫没有要行动的意思，以致我们有些不耐烦了。

这时，雷斯垂德站起身来望向窗外，开口道："真是盛况空前啊，福尔摩斯先生，果然排起了长队。苏格兰场招募警察的时候要是也有这么多人就好了。照这样下去，再过二三十分钟，队伍的末尾就要排到那个拐角了。"

"雷斯垂德先生，是'高额报酬'这样的文字激发了青年们的冒险精神哟，毕竟伦敦的普通市民还是很贫困的。看来离我们找到目标人物还很遥远呢。"

"福尔摩斯先生，再不抓紧行动的话，恐怕不得不让局里把负责指挥交通的警察派过来了。整个弗洛登路快要被左眉受伤的男人填满了。"

"好了，华生，是时候揭开这场喜剧的帷幕了。不好意思，能否请你下楼通知应聘者，从第一位开始依次进房间来。接下来不再一一打招呼，而是等前面的人结束返回街上后，下一位再自行进来。"

最先进入房间的应聘者是一个体格健壮的男人。他的左眉上方确实有一个很大的疤痕，额头的皮肤稍显皱纹。乍看之下面目有些凶狠，其实是从事体力劳动的工人类型。他这般模样，与其去安慰身患精神病的妇人，还不如去酒吧当保镖更合适。

"请告诉我您的姓名和居住住址。另外，如果还有别的联系方式，也请一并告知。"我询问道。

"迈克尔·斯通纳，地址是汉诺威广场拐角处的布鲁克街四〇三号。"

男人歪着海盗般的嘴唇说道。

"您是做什么工作的？"

"工作？我干过很多种。哦，先生贵姓？"

"不好意思，我是罗伯特·布朗宁，请叫我罗伯特。"

"那么，罗伯特，所谓职业种类多种多样，对吧？人生就像一场漫长的旅行。虽然世事无绝对，但假若一辈子决定只从事一种职业，那实在是太可惜了。

"我曾在船上工作过很长时间,也在煤矿场干过,还做过马车车夫,不过干得最久的还是船员吧。我去遍了世界各地的港口,每次上岸都会痛快饮酒,尽情玩女人以及打架斗殴,每天都过着令人眼花缭乱的冒险生活。冒险,这才是我的生存之道。"

"为什么不继续当船员?"

"哦,你要我解释为什么辞职吗?真难啊!总之,对,我就是想要在平稳坚固的地方工作。"

"哦,那你的意思是……"

"仅此而已,罗伯特。就是说……实在是难以启齿,其实我有晕船的毛病。"

我回头一看,雷斯垂德为了忍住笑意不停地摸着自己的肚子,夏目也不禁侧过脸笑出来。

这个船员真令人惊讶。人不可貌相,或许对于玛丽·林奇来说,他是一个合适的对象。想到这里,我对这个男人刮目相看。

"我已经充分了解了你的过往经历和人生观,迈克,那你现在在做什么呢?"

"如果我能回答这个问题,就不会来这里了。"

他似乎有些不高兴。

"那倒是。对了,你左眉上的伤疤是怎么留下的?"

"这种事也必须回答吗?"

"拜托了，迈克。希望你能理解，对我们来说，这个伤疤才是最要紧的事情。正是为了弄清楚伤疤的事，我们才如此兴师动众地搞这场招募。"

"那我告诉你吧，我十几岁的时候在家乡有一个关系很好的女孩，我对她很是着迷。她的头发是金色的，眼睛蓝色中带点儿绿色，比伦敦售卖的任何人偶娃娃都可爱。真想让你看看当时那个姑娘，那样的话你也会爬上那棵树吧。"

"爬什么？"

"爬树，山毛榉树。我还是从头说起吧。那个女孩很可爱，但稍微有点儿奇怪，她对过家家、洋娃娃游戏之类的一点儿兴趣也没有。要说喜欢玩什么游戏，那就是在原野和山林中奔跑嬉戏，把帽子扔到空中玩。为此，她拥有各种各样的帽子，从装饰繁复的供贵妇人用的法式帽子到麦秸草帽，应有尽有。她的房间简直就像帽子专卖店的商品陈列柜似的。

"女人真是难以捉摸啊，先生。所以我从那时起便理解了女人。如果只是单纯地收集帽子的话还可以理解，不过那个女孩的兴趣是扔帽子游戏，所以收集的大部分都是帽檐很宽、容易飞起来的帽子。有一天，她最珍视的那顶装饰夸张的帽子，挂在了一棵山毛榉树的顶端。于是，她哭着鼻子求我帮忙把帽子拿下来。

"其他小鬼们都畏缩不前,没有人想爬上去,毕竟帽子挂在一根像鱼竿般细长的树枝尖上。但是,我一心想要向女孩展示自己的优点,便挺身而出,攀爬上树。我想用长棍把帽子敲打下去就行了,简直是小菜一碟。我太过掉以轻心,不料身下骑坐的树枝"嘎吧"一声折断了,我整个人倒栽跌落下去,被地上的小石子刷的一下割破了脸颊。

"就这样,左眉这条伤疤一直跟随我至今,现在你们所看到的已是愈合变小后的样子。每次瞧见这条疤,我就告诫自己,千万不要轻易听信女人的花言巧语。"

"那顶帽子后来怎么样了?"沉默的福尔摩斯突然插嘴问。

"就那样挂在树上。因为掉下来的不是帽子而是我啊,况且折断的也不是挂住帽子那根树枝,说不定那顶帽子现在还挂在那儿呢!总之,我爬树摔伤的事迹在村子里传开了,成了大家茶余饭后的谈资,我想那之后应该不会有什么勇士敢爬上去取帽子吧。"

"那真是一次相当辛酸的经历啊!"福尔摩斯感叹道。

"辛酸?先生,我差点儿就没命了。不光是这样,以那一天为界,我的人生发生了改变。不管去哪里,我总是不务正业。大家都把我当作地痞流氓,可实际上我连一条狗都没有杀过。

"女人只能随便玩玩，一旦真心爱上她们的话，不知道会被如何对待。只要回想起儿时的痛苦经历，无论什么我都能忍受。从那以后，我洗心革面，决定夜里只抱着酒瓶睡觉。"

"真是令人钦佩的决心！"福尔摩斯似乎有几分感同身受，说罢向我使了个眼色。

"好了，今天辛苦了！迈克，很高兴认识你。明天会通知你是否合格。如果明天之内没有接到电报的话，不好意思，那就是没有通过核查。"我说道。

下一个及再下一个应聘者，情况大同小异。接下来各种各样的伤疤轮番出现在我们眼前，但我对他们关于受伤理由的说明都不太满意，要是以这样的状态持续下去，怎么也无法在规定时间内结束。

"华生，消遣热身的时间差不多该结束了。从现在起，除了我向你使眼色暗示比较有可能的应聘者之外，其他人你只需简单询问其住址和姓名，然后就让他们赶紧回去吧。"

当第五个应聘者的身影消失在门后，福尔摩斯这样说道。我们同意他的意见，且这种做法确实起了效果。就这样过了将近一个小时，大街上的人群已经消失得无影无踪了。

工作暂时告一段落，我作为休·奥布莱恩这位怪人美国富豪的代理人，全神贯注地与应聘者交谈许久，感到有些疲惫。但坦白地说，我认为到目前为止自己的努力和周围人的付出并没有多大意义，因为虽然我没见过金斯莱生前的模样，但看过他死后变成木乃伊的遗容，而至今为止面谈过的应聘者中，没有一个人能够胜任他的替身。

所有应聘者的体格都不合格，与瘦削的金斯莱大相径庭，其中没有一个人瘦得今晚就能变成木乃伊。我无法揣测福尔摩斯的真正意图，为什么要以这种可疑团体的名义挑起这场无谓的骚动呢？

如果是为了安慰患有精神病的玛丽而找一个人作为已过世的金斯莱的替身，那么除了左眉上方有伤疤以外，还应该加上瘦骨嶙峋这个条件。那样的话，外面排队应聘的人数估计只有今天的五分之一。

但是，我不便质疑我的朋友。我很了解福尔摩斯镇定自若的态度以及他在探案方面取得的显著功绩，所以我总是有所顾虑，不会轻易违背他的做法。

福尔摩斯站起来，透过窗户目不转睛地俯视不见人影的街道。过了许久，雷斯垂德和房间主人夏目都跟着走到窗边。

不一会儿，福尔摩斯取出怀表，边看边说："已经过了两个半小时，到目前为止成果还不够理想。不过，现在第一幕总算结束了，第二幕大戏即将拉开帷幕。而下一幕舞台，应该会更有看头吧！"

然后，正如福尔摩斯所说，第二幕的确以非常唐突的形式开始了。我和他们三个并排站在一起望着大街，这时从对面建筑的拐角处走出来一个非常消瘦的男人。他动作迟缓、笔直地穿过马路，朝我们视线下方的入口走来。

那个男人戴着鸭舌帽，看不清他的相貌，但似乎蓄着胡子。他在马路中央停下脚步，应该是在确认周围的状况。接着，他抬头向我们这边瞥了一眼。

楼下那人和我在普利奥里路亲眼目睹的木乃伊金斯莱长得一模一样。我想，若是把他作为金斯莱的替身，那就无可挑剔了。

伦敦竟然真的存在长得极像金斯莱的男人。并且，这样的男人终于出现了。我感觉这场闹剧终于接近尾声了。过不了多久，只要他进入房间，我们今天的工作也就结束了。

福尔摩斯也直勾勾地观察着男人的一举一动，很明显他和我有同样的感受。他紧张的眼神、充满力量的双臂肌肉，都说明了这一点。

然而，就在下一瞬间，我的朋友采取了意想不到的行动，这使我非常吃惊。只见他隔着玻璃窗紧盯街道，突然大声嘶吼道："就是那个男人！雷斯垂德！"

我们警察局的老朋友下一刻便以迅雷不及掩耳之势采取了行动。虽然雷斯垂德在智力方面老是被福尔摩斯取笑，但他在关键时刻所表现出来的勇气和魄力是绝不犹豫的。他迅速推开窗户，冲着马路高声吹响警笛。

就在这时，三四个强壮的男人从一楼房东的房间和对面建筑物之间的背光处跑了出来，纷纷奔向马路中间那个瘦弱的男人。他们都穿着便衣，看样子是警察。看来在我毫不知情的状况下，福尔摩斯早已吩咐雷斯垂德安排人手随时待命了。

瘦弱的年轻男人呆呆地站在马路中间，警察们毫不费劲地围住了他。这时，一个醉醺醺的老人抱着酒瓶从左侧蹒跚走来，正好从那个瘦男人面前经过。而那些意气用事的警察们不管不顾，转眼间就制服了这个行人。

老人以为发生了冲突，慌忙想要躲到旁边，但没想到就连他自己也被壮汉们紧紧勒住两肋。他不禁大惊失色，瞬间露出难以置信的表情，随即大发雷霆。

"喂喂，怎么是这样的老头儿……"雷斯垂德在一旁刚开口，福尔摩斯迅速举起右手打断了他。我看着福尔摩斯，惊讶地发现他像是难掩笑意似的弯下腰咯咯地偷笑，似乎在说事情进展得比预想中更顺利。然后，福尔摩斯抬起头来，说道："不，雷斯垂德先生，这也算是种缘分。顺便也请他来这里做个证人吧。"

我感到十分震惊。福尔摩斯这个人也许头脑足够聪明灵活，但有时候又会显露出任性的一面。对于这位恰巧经过而遭受如此粗暴对待的老人，我由衷地表示同情。

另外，我也不理解他为何要逮捕那个年轻人，因为就算放任不管，他也会主动进入房间。

不久，楼道传来一阵混乱的脚步声，动静最大的恐怕就是那个倒霉的老人吧。门开了，六个男人一拥而入，冲到我们面前。

"你们究竟是在做什么！？"老人愤慨地嚷道。他身材良好但个头较矮，在这群苏格兰场的粗莽壮汉中，显得格外矮小、柔弱。

"无意中从你身边路过都不行啊。"我同情老人的遭遇，对福尔摩斯说道。福尔摩斯完全不理会我的抗议，慢慢靠近被捕的两人。他的右手似乎在摆弄什么东西，我一看发现是几枚硬币。

"福尔摩斯先生，这个年轻人就是杀害金斯莱的凶手吧？不过在我看来，没必要如此仓促地逮捕他。"雷斯垂德叫喊道。

对此我深有同感。于是，福尔摩斯回头看了看老友，开玩笑般调侃道："啊，原来你是这么想的，雷斯垂德。那么，我把这些给他吧，以略表我的歉意。"说着，他把手里的硬币塞到瘦弱的年轻男人手中，然后说："辛苦了。"

瘦男人略微抬起帽檐，对福尔摩斯和我们三个默默行礼后，立刻离开了房间。我们一头雾水，完全无法理解事态的发展，呆愣地站在原地。

关上门后，福尔摩斯迅速转身，把手放在一脸愤慨的老人肩上，装模作样地宣布："好了，各位，让我来介绍一下这位如今已'声名远播'的普利奥里路木乃伊事件的真凶——约翰尼·布里格斯顿先生吧！"

我们不明所以，目瞪口呆地愣在原地。福尔摩斯从前就有这样的坏习惯。他总是难以抗拒戏剧性场面的魅力，往往设法隐瞒一切事实直到最后关头，完全把周围的人当成无能的观众。

然而，在场众人中感到最震惊的是那个身材良好的老人。他茫然无措，不一会儿又开始猛烈地发狂，撕心裂肺地吼道："你这家伙是认真的吗？啊，你们是警察吗？这种做法真是荒唐至极！因为根本解决不了案件，便从大街上随便拉几个行人过来，诬陷他们为凶手！天底下哪有这么容易的事！既然你们要进行犯罪侦查，希望能让我见识稍微像样点儿的方法！"

"福尔摩斯先生，"雷斯垂德说道，"你的侦查手法总是令人钦佩不已，不过这次又是怎么回事？这一回，我也很想赞同这位老人家的看法。"

"福尔摩斯？"

正在撒泼耍浑的老人从雷斯垂德口中听到我朋友的名字后，低声嘟囔了一句，顿时就老实了。然后，他心灰意冷地说："总算见到名侦探本人了，这确实是你能想出来的狡猾伎俩。但是，我从未想过自己有朝一日也会变得像今天这般愚蠢！啊，实在佩服，我输得心服口服。"

"好了，雷斯垂德先生，请你先用苏格兰场引以为傲的手铐铐住老头儿之后再称赞我好吗？

"对对，就是这样，哎不，让他坐在我们为客人准备的椅子上，再将他反手铐在椅背上就可以了。对，这样就没问题了。下一幕的准备至此完全就绪。毕竟这一出好戏还没有演完呢，雷斯垂德先生，在剩下的三幕里，还得让他扮演一个角色。华生，能否请你帮忙将这把椅子正对着房门摆放？谢谢。"

"嚯，老爷子，你说这是我想出来的计策？想不到吧，实际上想到这条妙计的是那边那位日本人，想必你也认识他吧。"

话音刚落，我和夏目惊讶不已，一起看向福尔摩斯。

"福尔摩斯先生，你说这个人认识我？"

"哎呀，夏目先生，连你都这么说，可真让人为难。即使华生和雷斯垂德无法理解现在这样的局面，我还以为只有你会赞成我的做法，并证实它的正确性呢。"福尔摩斯说道，"你也认识这个人哟。"

149

夏目似乎毫无头绪，沉默地歪着头。

"就算忘了这个老头儿的长相，你也应该记得他的声音吧。算了，还是等到最后一幕再向大家解释说明吧。"

"没想到我这么轻易就落入你的圈套，竟然主动把脚伸进为我量身定制的脚镣里！"

被铐在椅子上的老人又嚷嚷起来。

"论小聪明，你在欧洲也算数一数二。你也暗自为此感到骄傲吧，布里格斯顿。过去你曾多次利用这种伎俩骗人钱财，此类事件我能即刻列举出半打。可这次是你老糊涂了，还是说你那点雕虫小技遇到技高一筹的对手就不管用了。"

福尔摩斯一边说一边搓手，同时绕着被他精心设计的陷阱捕获的"猎物"周围来回踱步，偷偷露出得意的笑容。

"这里已经没有需要我们效劳的事了吧，福尔摩斯先生？"便衣警察们问道，他们看起来有些无聊。

"啊，可以了，各位辛苦了！请回到工作岗位上吧，我想只须再耐心等待一阵，本次行动就能完美收官了。"福尔摩斯回答道。于是，四个男人陆续走出了房间。

然而，我们仍感到稀里糊涂，我甚至怀疑福尔摩斯是不是为了捉弄我们才请同伴来演这么一出戏。苏格兰场的专家似乎也这么认为，他这样说道："福尔摩斯先生，到底是怎么回事？如果这个老头儿真的是普利奥里路事件的凶手，而不是你的朋友的话，就请快快向我们说明真相吧！"

"谁是他的同伴啊！"老人叫嚷道。

"老头儿演起戏来很有一套嘛，想必可以成为了不起的名演员。那么，福尔摩斯先生，他真的是那桩莫名其妙的离奇事件的凶手吗？这个老头儿？一个人？究竟是如何作案的？

"首先，他为什么会若无其事地碰巧来到这个警察们携带手铐共聚一堂的地方？简直就像特地来拜访苏格兰场的拘留所一样，不是吗？"

于是，福尔摩斯得意地说："雷斯垂德，让凶手自投罗网不行吗？"

雷斯垂德瞬间露出不悦的神情。

"不，等一下，你说的还要耐心等待是什么意思！？不是全都结束了吗？福尔摩斯先生，这家伙就是凶手吧！？让我和外面的同僚把这家伙押回警察局关进拘留所冷静一下，怎么样？"

"如果仅凭这些你就能写出调查报告的话，那请便。"福尔摩斯说完，雷斯垂德陷入沉默。

"我不是说过也许还会上演第三幕吗？雷斯垂德先生，不要错过下一场好戏哦。"

"刚才那位先生是谁啊，福尔摩斯先生？我觉得他是目前为止的应聘者中最有希望代替金斯莱的人。"夏目谨慎地插话。

"作为亲眼目睹过木乃伊的人,我也这么觉得,福尔摩斯。"我附和道。

"正如雷斯垂德所推理的那般,那个人是我的老朋友,夏目先生。他是一名优秀的舞台演员,能够驾驭各种各样的乔装打扮,在这种场合常常能够派上用场。我平时也经常从他那里……咦,又有人从街角拐过来了。好像是下一个应聘者。如果第三幕能顺利开始的话就真是谢天谢地了!"

下一个应聘者没有经受警笛和警察们的考验,顺利上楼进入房间。

我目不转睛地观察福尔摩斯的举动,那一瞬间,他的目光似乎快速地在来访者和被铐在椅子上的约翰尼·布里格斯顿之间交替移动。

于是,我也学着他的样子观察了一番,但据我所见,两人的表情没有出现任何变化。福尔摩斯见此情形,似乎稍微放下心来,又有些失望。

看来福尔摩斯把布里格斯顿放置于房间中央,意图在于让来访者看见他,并以此试探双方的反应。在确认来访者和布里格斯顿的表情都未发生丝毫变化之后,福尔摩斯不出所料向我使了眼色,暗示我此人没有希望,让他尽早离开。因此,我只问了他的住址和姓名,随后敷衍地问了一些关于疤痕的问题,就草草打发他回去了。

我也渐渐察觉到了福尔摩斯的意图。然而，无论是出现在夏目房间门口的下一个应聘者，还是再下一个，都没有发生可疑的情况。我料到福尔摩斯逐渐急躁起来。他在这种时候习惯低着头一言不发，匆忙地在房间里转来转去。

不久，又传来另一位应聘者上楼的脚步声，但他和之前的众多来访者没有什么不同。

"这种事要做到什么时候？夏洛克·福尔摩斯先生，你以为谁会来？就算你等到明天，也不会发生任何事。适可而止吧！拘留所也好，或者其他什么地方也好，赶快让他们把我关进去吧！我想一个人静一静。"

被反手铐在椅背上的约翰尼·布里格斯顿不耐烦地大叫。我环顾四周，虽然雷斯垂德和夏目没有说出口，但他们似乎都被类似的烦躁情绪支配着。

应聘者的脚步声中断了，确实再怎么等也不会有人来了。福尔摩斯大概也开始这么想，他从椅子上站起来，走到窗边仍不死心地再次俯视街道，然后说：

"看来是我估计错误，上帝并没有为我准备好第三幕。不过，真是遗憾哪！从各个方面考虑，出现下一幕的可能性都是非常充足的。公平地看，第三幕发生的概率高于不发生的概率。遗憾的是，我们目前只达成当初目标的一半，就不得不匆匆离场。"

"你期待过高了，真是贪得无厌啊，先生。人生不可能总是如愿以偿。"老人以说教的口吻教训了福尔摩斯一顿。

"哦，是吗？那么，你到底是因为担心什么才厚着脸皮来这里？"

福尔摩斯说了一句我们难以理解的话。

"不过，既然主犯已经落网，也是时候收手了。话说，马上就到四点半，我们不能再给外国客人添麻烦了。把走廊上的床搬进来，让这场喜剧就此落幕吧……"

就在这一刻，再次响起了缓缓爬楼的脚步声。

"华生，有人上楼来了。在大戏落幕之前，我们把赌注押在最后一位应聘者身上，也不算白费力气吧？"

房门被那个人战战兢兢地打开，映入眼帘的是一只极其瘦削的手臂。随后，我们听见他问："招募还没有结束吧？"

然而，当声音的主人从门后探出头来的时候，那张两颊塌陷的脸庞顿时僵住了，转而露出仿佛窥视地狱般的恐怖表情，刹那间他以惊人的气势关上门，紧接着传来一溜烟跑下楼的声音。

"喂，雷斯垂德，再吹一次警笛！"

福尔摩斯大吼道。雷斯垂德又一次高声吹响了警笛。

"这个大笨蛋!"被铐在椅子上的老人恨铁不成钢似的怒骂道。

"这句话毫无绅士风度啊,布里格斯顿。"福尔摩斯洋洋自得地说,"如果你不吝惜报酬的话,现在就不会沦落至此了。"

11

福尔摩斯在报纸上刊登了招募广告,承诺支付高额报酬,因此第二天在我出租屋楼下的街道上聚集了许多左眉有伤疤的英国人。受福尔摩斯委托,我负责担任本次面试审查的记录员。

然而,一旦开始审查工作,却发现怎么也找不到酷似金斯莱的人。福尔摩斯焦躁不安,像往常一样叫唤着意义不明的话语,华生则是一副愁眉苦脸的模样。

两个多小时过去,第一阶段的审查结束了,窗外的人群已经没了踪影,但仍未找到合适的人选。我们无所事事地起身走到窗前。

"没有符合条件的人哪。"我说。"是,没有啊。"福尔摩斯回复道。

说起来,应聘者的体格都太强壮了,仿佛刚才还在阿尔伯特码头附近装卸货物的壮汉们集聚于此。在这种情况下,即使从现在起绝食十年,也没有人会变成木乃伊。

"福尔摩斯先生,你应该招募偏瘦的人啊。"

我说。

"糟糕,我忘记写上这个条件了!"福尔摩斯一边轻拍额头一边说。

我回想起今天早上报纸上刊登的广告内容,上面只写着:支付高额报酬招募左眉有伤疤的男人。如果是我的话,应该会这样写吧:

招募左眉有伤、非常瘦的男人。

金斯莱是变成木乃伊而死,所以越瘦越好。那么要加上:

身材越瘦越好。

顺便想到金斯莱应该蓄着胡须,因此还要写上一个条件:

若是留着胡须的绅士就再好不过了。

想到这里,我的脑海里如闪电般闪过一个念头。原来如此!我情不自禁拍了拍膝盖。这瞬间,我仿佛看穿了一切。

我以前确实读过这样的广告。那时我还居住在普利奥里路阴森森的出租屋。房东的丈夫给我看的"三行"广告中,的确写着这样的内容。

我专注地思考着。那一次果然和今天一样,也是为了招募和玛丽·林奇见面的人物吧!那样的话,这桩木乃伊事件不就成了一个精心策划的圈套吗?不就正如今天的我们一样,通过报纸广告来招募酷似木乃伊的人吗?

正当我思虑这些的时候，在窗外的大街上，从建筑物的转角处走出来一个看上去瘦骨嶙峋的男人。他比之前面试过的任何一位男士都要瘦得多，因其过于瘦削，连路过的行人都会回头看他。

只见那个男人战战兢兢地朝这边走来，当他稍微抬起头的一瞬，我远远看到他的左眉附近有一道很大的伤疤。

他突然停下脚步，正在犹豫自己要不要进去。直觉告诉我，他鬼鬼祟祟的样子显然是做了什么亏心事。"我明白了！"我不禁叫出声。

"华生先生，就是那个男人！要不要把他抓起来？"

我一边打开窗户一边大叫。

这个男人来到这里纯属偶然，他在木乃伊事件中为了欺骗玛丽·林奇，自己用刀在左眉上划了一条伤痕，从而获得了今天这次招募的资格。为了赚取高额酬金，他像之前那样盯上了报纸上的招募广告，偶然看到自己符合本次招募的条件，便冲着第二个大赚一笔的目标前来应聘。

一瞬间，我就做出了这样的推断，随即呼喊华生和福尔摩斯赶紧抓住那个可疑的男人。

福尔摩斯将身体探出窗户，从怀里取出警笛使劲吹了起来。站在马路中间的瘦削男人见此情形，立刻往后一转，一溜烟地逃跑了。

"啊，给我站住！"

福尔摩斯大叫，但那个男人并没有因此停下来，眼看着跑远了。福尔摩斯焦急万分，几乎大半个身子都探到栏杆上面，对着窗外的行人喊道："喂，快抓住那个男人！"

"那个男人是小偷，快抓住他！"我也开始信口胡诌。但路上的行人置若罔闻，只是怔怔地愣在原地。于是，我豁出去大喊一声："谁抓住小偷就奖励十英镑，大名鼎鼎的夏洛克·福尔摩斯会付钱的哟！"

听到有现金奖赏，大街上的行人顿时眼神一变，所有人都以野猪般的速度追着男人跑了出去。

但是，我旁边的福尔摩斯也突然脸色大变，惊诧地看着我，一本正经地说："我才不付钱呢！这是你提出来的，我毫不知情。"

就在那一瞬间，福尔摩斯剧烈地左右摇头，口中念叨着一连串含糊不清的音节。由于这座房屋年久失修、设施陈旧，福尔摩斯倚靠的栏杆突然"啪"的一声折断，只见他在空中使劲挥舞手臂，而后倒栽葱似的跌入楼下的防火水桶，一时间激起大片水花。

幸好下面有个水桶，否则从三楼头朝下跌落地面，恐怕性命难保。

"糟了!"

我们大叫着冲向楼梯,急急忙忙跑了下去。

"华生先生,福尔摩斯先生就拜托你照看了,我去追那个男人!"

我迅速做出指示,然后用尽全力飞奔出去。伦敦本地人一般跑得都不快。因为他们都戴着大礼帽,摆出一副温文尔雅的绅士模样,理论上是跑不过我的。跑了一条街,我轻松赶上了逃跑的瘦男人以及贪图十英镑而追赶瘦男人的绅士队伍。很快我就超越了绅士们,紧追瘦男人不放,然后冲上去死死抓住他的脖颈,大声叱喝道:

"再逃也没用,乖乖束手就擒吧!"

接着,我沿着来时的路往回走,押着他回到了掉进防火水桶的福尔摩斯所在的地方。没能拿到十英镑奖赏的绅士们纷纷咋舌,懊恼不已。

福尔摩斯平安无事,他好像泡在铁锅澡盆里似的,只从桶里探出头来,喃喃自语道:"华生,这是哪里?我为什么会在这里?"

然后,他又向华生医生提出请求:

"我想抽烟,但我的烟斗湿透了,把你的借给我。"

12

"啊，真美妙啊，抽烟的感觉真是太棒了！最近这段时间我全然忘记这种滋味了。"

我们赶紧把房间恢复原状，借用福尔摩斯的话来说，就是把最终幕的舞台从弗洛登路转移到我们在贝克街的小据点。

我和福尔摩斯的房间虽说比夏目的房间稍微宽敞一些，但是作为吸引了全伦敦市民眼球的离奇事件的最终舞台，还是显得不够大气。此刻，狭小的房间里坐着两个嫌犯，其中一个老实巴交的，另一个看上去颇难对付；还有略显焦躁的雷斯垂德以及一脸好奇的夏目。

"福尔摩斯先生。"夏目开口说道，"华生医生和雷斯垂德警官与你交情匪浅，应该有过很多次这样的经历吧。说实话，我是第一次碰到这种事，完全摸不着头脑，简直就像刚看完魔术表演一样。这两个人就是那个莫名其妙的谜团的幕后黑手吗？"

"正是如此，夏目先生。"

"哎呀，真令人大开眼界！我一直以为必须经过一番激烈的生死搏斗才能捉住凶手。我熟知您的大名，也听说过你的一些传闻，但我觉得那些说法都太保守了，大大低估了你的才能。由你经手的事件，即使沉默地观望，罪犯也会一个个主动送上门呢。"

"我为此做了充足的准备，这是必然的结果。只是事情发展太迅速了。我一直担心这两个人会不会已经离开伦敦，甚至离开英国了。但我确信他们应该在伦敦，因为杰斐逊·林奇的弟弟还没有在普利奥里路出现。"

"布里格斯顿，约定的报酬还差一半，定金已经到手了吧？"

"你何必明知故问呢！"

"嗯，我想一定是这样，因为杰斐逊的弟弟也没钱，否则他就不会加入你的计划了。只有等他成为林奇宅邸的主人并顺利继承遗产，才有能力支付剩余的酬金给坏蛋同伙。不过，那个瘦家伙也不能那么快就露面，不然显得太刻意。因此，在他出现之前，约翰尼·布里格斯顿就不得不在这附近徘徊等待。所以在这一点上倒也不必太着急，但不管怎么说，我还有一个重要的理由，华生。"

"什么理由？"我问。

"那是因为我们亲爱的雷斯垂德警官宣称在事件解决之前要和我们绝交。"

"究竟是怎么回事，福尔摩斯先生？"

看着福尔摩斯嬉皮笑脸调侃自己的样子，雷斯垂德的焦躁情绪终于爆发了，怒吼道："你要我等到何年何月？这场闹剧到底什么时候落幕！"

"不好意思，雷斯垂德先生。不过，我认为对于你这样本领高强的专家来说，冗长的说明完全是画蛇添足。这位年轻人，你叫什么名字来着？"

"吉姆·布劳纳。"

"对了，看到这位布劳纳先生的容貌，你会马上注意到吧？"

然而，警官默不作声，不置可否。过了片刻，他说："因为职业的关系，我们会和很多人打交道。"

"哎呀，那可真让人吃惊。你是说认识的人当中有很多瘦成这样的年轻人？虽然他现在剃光了胡须，可一旦他把胡须留长，你就会发现他的胡须和华生的截然不同，是深红色的。那个颜色正好是……嗯，就像金斯莱死后变成的木乃伊一样。"

于是，雷斯垂德发出低沉而悔恨的呻吟。说实话，我也是到这个时候才清楚地意识到这个年轻人很可能就是金斯莱的替身。虽然在招募过程中我隐约察觉到福尔摩斯的真正意图，但在那之前，我一直以为福尔摩斯仅仅是在招募能够代替金斯莱去安慰玛丽·林奇的人。

"那么你……"我忍不住插嘴，"你千方百计搜寻的并不是能够给疗养中的玛丽·林奇夫人带去慰藉的人物，而是冒充金斯莱欺骗夫人的凶手啊？！"

　　福尔摩斯说道："嗯，华生，也不是那样。难道还有比他更适合安慰玛丽·林奇的人吗？因为他就是玛丽·林奇所熟识的弟弟本人，正如你看见，实际上他还活着。"

　　"这种麻烦事，你就别再提了！"苏格兰场的警官怒气冲冲地吼道，"这么说来，福尔摩斯先生，在林奇宅邸内被牢牢钉死的房间里，这位吉姆·布劳纳把自己和事先准备好的木乃伊对调了，是这样吗？"

　　"当然是这样，雷斯垂德。"

　　"就是说，在那场密室火灾引起骚动之前，木乃伊就已经存在了。哼，我们全都被这老套的鬼把戏蒙蔽了双眼。这么说，果然是这个老头儿从外面把木乃伊搬进了那个被钉死的房间？但他究竟是如何做到的呢？"

　　"绝无可能，雷斯垂德。那个房间正如你所调查的那样被钉得严严实实，仿佛棺材内侧一样，外面的人根本无法进入。而且忠实的贝恩斯管家也证实了当时房间里只有吉姆·布劳纳一个人。"

　　"这样啊，所以我不明白。"

　　"当然，那个时候木乃伊已经在屋内了。不光是那个时候，很久以前它就在房间里了，对吧？吉姆。"

瘦削青年点点头。

"藏在哪里？！"雷斯垂德嚷道，"况且，就算神不知鬼不觉地将木乃伊和吉姆对调了，在那之后要怎么办？吉姆要从何处逃出去？虽然他很瘦，但是房间中哪里有足以让他脱身的缝隙？算了，恐怕在你看来我们这些警察都是无能的蠢货吧，所以这次也像往常一样看漏了。让我从最初的问题开始问吧。木乃伊放在何处？到底是在什么时候、藏在哪里、用什么方法把它带进房间的？"

"那一定是藏在那个祛除诅咒的长箱子里，雷斯垂德。所以，从一开始他搬入林奇宅邸的时候，木乃伊就被带进去了。"

"你在开玩笑吗，福尔摩斯先生？那里面不是装着祛除诅咒的木雕像吗？可装不下两个玩意儿！"

我的朋友有一个明显的缺点，就是对头脑明显比自己迟钝的人会表现出明显的不耐烦。

"等等，那么你想想盔甲是靠什么支撑的呢！？当木乃伊被放进长箱子里的时候，那尊骗人的木雕像就藏在日本制造的盔甲中。之所以把木雕像全身各处都切断，是因为那件盔甲是坐立着的。因此，他们将木雕像的双腿分别完整地制作出来，否则就无法令其穿着盔甲坐在椅子上。"

"原来如此！"我不由得叫出声来，"原来是这样啊。也就是说，玛丽·林奇那一次偷看长箱子的时候，里面装的是……"

"那时箱子里还是木乃伊。"

"这样啊，所以金斯莱，不，是吉姆·布劳纳才如此惊慌失措？！"

"没错，华生。但聪明的他巧妙地利用了这个表演的契机。在他的表演下，那次小冲突就好像成了他种种怪异行为的导火索。"

"请等一下，福尔摩斯先生。我明白木乃伊藏在哪里了，那么吉姆把木乃伊放在床上代替自己之后，他本人又去哪儿了？毕竟管家夫妇和林奇夫人发现着火后就立即冲进了房间，他总不能躲在燃烧着的床底下吧？"

"盔甲内部是空心的哟，雷斯垂德。当贝恩斯夫妇和玛丽·林奇打破房门闯入正在燃烧的被钉死的房间并发现金斯莱变成木乃伊的时候，那套日本制造的盔甲似乎还像往常一样端坐着。这样的话，必然是吉姆躲进盔甲里去了。因为盔甲里面根本没有贯穿中心的轴心棍，若是内部缺少支撑物，它就会垮掉的。

"总之，这是一种将日本制的盔甲、中国制的长箱子以及那张床作为三个容器，并逐一错开调换其中内容物的诡计。也就是说，他们把盔甲里的木雕像放入中国制的长箱子里，把长箱子里的木乃伊挪到床上，而床上的东西——也就是吉姆本人则转移到盔甲里面。

"这一切完成后,吉姆就穿着盔甲到处走动,在房间里洒满酒精并点火,然后走到房间的角落,照着盔甲平时摆放那样一动不动地坐在凳子上。

"这是有预谋的纵火,吉姆特意找准了早上大家起床的时间,所以火灾很快就被发现了。管家夫妇和玛丽·林奇三人破门而入,屋内的木乃伊引起了预料之中的骚动。在房间里放火恐怕也是为了制造这种混乱状态吧,因为仅靠木乃伊造成的混乱局面多少有点弱,如果不大闹一番,他就很难趁乱逃脱。

"于是,吉姆便穿着盔甲坐在凳子上观察三人的情况,正如预计那般,贝恩斯夫妇抱着突然晕倒的女主人回到楼下的卧室。贝恩斯年事已高,不难想象单凭他一个人是抱不动女主人的。

"三个人离开走廊后,吉姆慢慢地站起来脱下盔甲,在上面洒上酒精后穿过被撞破的房门,堂而皇之地逃出房间,避开众人的视线溜出了玄关。就这样,他沿着屋檐绕到与玛丽卧室相反的方向,从后门的树篱间逃走了。之所以沿着屋檐行走恐怕是担心在雪地上留下脚印吧,因为据贝恩斯所说当时正下着雪。

"不管怎么说,这么大的房子里只有三个人,想要避开别人的视线溜走应该很简单。况且,这座宅邸正面有个宽阔的庭院,从这里逃走容易暴露行踪,但屋后隔着树丛紧挨着邻居,只要绕到后面就很容易逃脱。"

"原来是这样的诡计啊!真是被狠狠地摆了一道!可是,福尔摩斯先生,还有天大的难题没解决呢!我们被骗得这么惨,都是因为那具木乃伊,对吧?在英国不具备制作木乃伊尸体的条件,正因为考虑到一点,我们才会被这种诡计蒙骗。这帮家伙到底是怎样弄出这么一具尸体的?!杀害真正的金斯莱的凶手果然也是这些人吗?"

"不,并非如此。这一点还是你告诉我的,雷斯垂德。你不是说过可怜的金斯莱是饿死的吗?我认为他很可能是自然死亡,并且致使他的尸体彻底变成木乃伊的'真凶',正是今年这异常寒冷的天气。"

我们一时不解其意,都选择了沉默。

"请解释一下,福尔摩斯先生,天气寒冷又怎么了?"

"我说这是一种自然现象,在英国很少见,但在欧洲大陆还是时有发生的。比如最近在俄国发生的伊万诺夫公爵离奇死亡事件就是一个很好的例子。处于寒冷低温环境下的死亡人体不容易腐烂,在极少数情况下会变成木乃伊干尸。特别是在饿死的情况下,内脏里什么都没有,所以金斯莱的尸体比一般的尸体更容易变成木乃伊。

"而且在此基础上,还有其他更有利的条件。当然,如果不是多种因素叠加作用,就无法形成木乃伊。听说金斯莱居住在荒郊野外的独栋屋子,没有人上门拜访。加之其房屋破旧,所以室内外温差不大。在布里格斯顿老头儿造访之前,没有人发现孤苦伶仃的金斯莱已经饿死并且变成了木乃伊。"

"这么说来,金斯莱死后自然形成了木乃伊,这个老头儿只是发现并加以利用,是这么回事吗?"

"是的。"

"简直难以置信,人类竟然会自然而然地变成木乃伊……"

"雷斯垂德,你最好去一趟爱丁堡,亲眼看看那栋孤零零竖立在雪原上的房子,就能理解我这番话了。总之,我按顺序说起吧。"

"一开始就应该这么做!"

"那么,吉姆,以及布里格斯顿老爷子,从现在开始,如果我说的话与事实不符的话,你们无需顾虑,尽管提出异议,好吗?

"玛丽·林奇在丈夫逝世后继承了房产和宅地,算是一名幸运的遗孀。于是,她想找到自己失散多年且至今杳无音信的可怜弟弟金斯莱,并同他一起在普利奥里路的宅邸里生活。因此她在报纸上刊登了广告。众所周知,在这种时候,没有比我国报纸上的三行广告更方便、管用的途径了。然而,这则广告却被这位眼尖的约翰尼·布里格斯顿给盯上了。

这就是那位夫人不幸遭遇的开端。

"布里格斯顿是无论何种买卖都会干的万事通,只要嗅到金钱的气味儿,他就像容易上钩的刺鲵虎鱼一般不管不顾地扑上去。不过,你也可以相信他本人的辩解——他的本职工作是寻人。他去林奇宅邸拜访的时候,一开始或许也是真心想要找到金斯莱。说不定他原本只打算从富有的寡妇那里拿到通常报酬的三倍便心满意足了。"

"你们可能不会相信,但就算受人委托,我也不会做敲人竹杠的缺德事。干我们这行的和你们一样,都是信用第一啊。"

万事通先生抗议道。

"信用第一吗?可是,当你看到要找的人变成了木乃伊,似乎很干脆地换掉了'信用第一'这块招牌呢。

"历经千辛万苦终于找到了金斯莱,却发现他早已因生活困苦而活活饿死,而且尸体已经变成木乃伊。老头儿大失所望,好不容易找到的人竟已变为一具干尸,这难免会影响到报酬的金额。于是,你想方设法企图挽回这种不利局面。

"他立刻想到一种大多数自作聪明的家伙在这种情况下都会想到的办法。总之就是林奇姐弟在多年以前仍是孩童的时候,彼此就失散了。那么,就算弟弟如今的容貌和小时候全然不同也不足为奇,甚至连亲姐姐也很可能认不出来。因此,他想找人做替身冒充金斯莱。

"金斯莱家中自然留下了很多他生前的随身物品,这些都可以证明那个冒牌货就是她真正的弟弟。

"然而,爱耍小聪明的你却打算从长计议。这对你来说还不是最好的办法,因为你从中获取的好处只不过是比约定金额更多一些的酬金,最大的受益者却是那个替身。

"然后,你想到了一个更加高明的妙计。你发现只要稍微转变思路,就能够既防止替身抢占自己的劳动成果,又确保自己所得的份额至少是寻人报酬的一百倍。"

"你简直就像在旁边亲眼目睹似的。"

"你的诡计是这样的:你偶然得到了稀有的金斯莱的木乃伊干尸,然后接着如果顺利的话还能找到一个和木乃伊极其相似的活人替身,接下来巧妙地操纵木乃伊和替身这两枚棋子,上演一出以假乱真的戏码,最后将玛丽·林奇变成废人并赶出普利奥里路的宅邸。那毕竟是十九世纪非常罕见的木乃伊,你必须要充分利用它为自己牟取利益。

"如果林奇夫人离开这座宅邸,谁会是受益者呢?不用说,当然是她死去丈夫的亲戚。她丈夫有一个弟弟,倘若他现在穷困潦倒的话就更好了,那他一定会毫不犹豫地加入逼走林奇夫人的计划,因为对他来说这完全是天上掉馅饼的好机会,兄长家的巨额财产将源源不断收入囊中。于是你就想到,假设事先拉拢杰斐逊·林奇的弟弟入伙,日后与他平分林奇家的全部财产也不是不可能的事。

"去世的杰斐逊·林奇也算是一代名人,这种人大多会有个品行不端、毫不起眼的兄弟。不出所料,杰斐逊果然有个下落不明的弟弟。而你正是寻人的专家,对你而言要找到杰斐逊的弟弟可谓轻而易举。

"更妙的是,这位玛丽·林奇女士一直以来神经就异常敏感。如果利用一场效果逼真的表演,让她看见眼前的弟弟变成了木乃伊,那么可以说从一开始就可以预见她会落得个精神失常的下场。

"你肯定也考虑过直接把玛丽带去爱丁堡,让她亲眼目睹金斯莱的木乃伊尸体,但这样一来,你无法保证玛丽一定会当场发疯,所以才处心积虑地策划了一个如此狡猾的阴谋。

"可是,正因为这是一个大胆的计划,所以实施过程中也遇到了很多困难。比如说……睡衣。金斯莱的尸体所穿的睡衣已经脱不下来了。不,也不是不能脱下来,只是无法再替他穿上别的新衣服。因此,当吉姆和这具木乃伊对调的时候,吉姆必须身穿和尸体身上那件图案款式完全一致的睡衣,而且污浊程度也要相同。这就是金斯莱从不听姐姐的话,决不脱下自己带来的旧睡衣,还在地板上打滚儿故意弄脏的原因。

"总而言之，你之所以能够顺利想出这样一个侵占林奇家产的诡计，是因为预先想到了利用冒牌货顶替金斯莱的主意，我说得没错吧？"

"啊，大侦探果然名不虚传。在这种情况下，落魄的弟弟多半会嫉妒事业有成的哥哥，更何况当他听闻成为哥哥妻子的某个女人不用付出任何代价就继承了全部财产时，更是感到妒火中烧。"

"那么，你找到的那位弟弟本人和你想象中一样吗？"

"落魄程度简直超乎想象。上门拜访时，特雷瓦·林奇的家门口已经挤满了讨债的人，我不得不排队等候。我把这个计划告诉了特雷瓦，果然不出所料，他二话不说就答应加入。特雷瓦还说他在南美把钱财挥霍一空，目前已身无分文。"

"那人叫特雷瓦？不过，他居然付得起你的定金啊。"

"他把哥哥送给他那枚珍藏已久的蓝宝石戒指卖掉了。"

"哎呀，那家伙真倒霉。这样一来，特雷瓦·林奇就成了不折不扣的穷光蛋。不仅如此，由于参与了你的诡计，他不仅要被人追债，还陷入了被警察追捕的窘境。"

"福尔摩斯先生，请不要偏离正题。"雷斯垂德用严肃的语气催促道。

福尔摩斯继续说:"你先把金斯莱的木乃伊尸体搬到你在伦敦城郊的隐匿居所藏起来,然后在报纸上刊登寻人广告。文字内容大致如下:

"'寻找身高五英尺九英寸、红色胡须、体形极瘦、三十岁左右的男性。'

"不用说,身高五英尺九英寸是你通过测量木乃伊得出的,三十岁左右的年龄则是从玛丽那里打听来的。而且,我们看到的那具木乃伊确实瘦得皮包骨的,胡子也是红色的。"

"伦敦有很多穷苦的年轻人正为明天的温饱而发愁,你没想到会聚集那么多人吧?应聘者是不是排了挺长一列队伍?"

"你调查得很清楚。"

"哪里,我也是今天经历了类似的情形才搞明白呢。就连吉姆·布劳纳是最符合条件的应聘者这一点都和你那次一样。毕竟他的长相和那具木乃伊近乎一模一样。于是,你把调查到的关于金斯莱的成长经历以及随口瞎编的他在东方流浪的过往都告诉了吉姆·布劳纳,并要求他牢牢记住。"

"这是你今天犯的第一个错误,金斯莱真的去过东方哟。"

"哦,是吗?所以,在进行充分训练之后,你让吉姆到爱丁堡金斯莱生前住过的独栋房子里等待,然后带玛丽·林奇去那里跟他见面,并谎称自己好不容易才找到她的弟弟。

"接下来发生的事情就不用说明了吧。你没有看走眼,吉姆·布劳纳的确极具演戏天赋,他出色地完成了任务。林奇家的女主人彻底被骗了,在目睹'弟弟'的悲惨死状后瞬间失魂落魄,原本敏感脆弱的神经完全崩溃了,而她如今正孤零零地在世界尽头疗养。"

"在房间里焚香使得满屋子烟雾缭绕,以及不许别人往壁炉里添加柴火,这些行为都是为了增强表演效果吧?"我问。

"焚香也许是这种用途,但不让生火是有原因的。因为他担心生火后房间变得暖和,那样的话金斯莱的尸体可能会开始腐烂并损坏。"

"原来如此。就跟不肯换睡衣一样,奇怪的行为背后总是隐含各种各样的理由。那他把猫赶走又是出于什么原因呢?"

"还是因为碍事,对吧,吉姆?如果是狗的话,很可能会嗅出金斯莱尸体的所在之处。猫的嗅觉虽然没有那么灵敏,但也不能太乐观,因为动物的感觉确实很敏锐。要说与尸体处在同一屋檐下却浑然不觉的迟钝动物,说不定只有人类了。"

"话又说回来,吉姆为什么要把房间钉死呢?"

"恐怕是因为工作非常棘手。要从长箱子中解开丝绸包装，取出木乃伊轻轻地放在床上，这是一项非常耗时的工作，必须非常谨慎地操作。木乃伊极易损坏，这从玛丽仅用指尖碰了一下脸颊就戳了个洞这一事实便能看出来。在准备魔术秘诀的时候，任何一名魔术师都不希望被打扰。毕竟姐姐有房间的备用钥匙，他一定要钉死门窗才能安心布置这个陷阱吧。

"另一个理由，当然是想让我们深信床上的木乃伊就是金斯莱本人，而不是被替换了。倘若只是把木乃伊放在床上，那么哪怕我们再怎么糊涂，迟早也会想到木乃伊和金斯莱互换的可能性。何况在英国这种地方，一夜之间变成木乃伊之类的把戏对任何尸体来说都是不可能的。把房间钉死就是为了向我们证明，这具木乃伊不可能是从外面运进来顶替吉姆的。"

"吉姆用刀划伤自己的脸又是怎么回事？"

"那是迫于无奈，因为木乃伊的左眉上已经存在这样的伤疤了。在和木乃伊互换之前，他无论如何都得'制造'出同样的疤痕。

"而且他还预估了伤口愈合的时间，必须在一个月前弄出伤疤。所以从时间安排上来说，吉姆进入林奇家后必须尽早行动，因为不能太晚让玛丽看见木乃伊。原因我刚才已经谈及，那便是他担心到了春天天气变暖，尸体很可能会腐坏。

"不过，刚到林奇家就自残的话，总会显得不大自然。所以，玛丽略微偷看长箱子内部这件事，对你来说应该正中下怀吧！因为这样就有了契机，于是你趁机做出种种怪异行为，并成功划破脸留下疤痕。"

"您的推理完全正确，福尔摩斯先生。"吉姆·布劳纳回答道。

"原来如此，这下总算弄明白了。归根结底，这桩离奇古怪的木乃伊事件实际上就是企图侵吞林奇家财产的阴谋。是啊，福尔摩斯先生，但太阳底下没有新鲜事。这就很清楚了，他们的作案手法的确很容易完成。尽管披着荒诞离奇的外衣，但实质出乎意料地陈旧。不过，吉姆，你甚至不惜划伤自己的脸，真是了不起的牺牲呢！你到底收了多少报酬？"

雷斯垂德盯着吉姆左眉上的新伤痕，问道。

"谈好要给两百英镑，但我只拿到了一半。"

"你也只拿到一半当作定金啊！"

"不管多少，他只要把钱拿到手就是赚到，而我早已身无分文。先是制作了木雕像，然后自掏腰包跑到曼彻斯特去调查金斯莱姐弟小时候的情况，不仅把定金花个精光，甚至入不敷出，简直是赔本买卖！"

布里格斯顿大发牢骚，雷斯垂德则说他是自作自受罢了。

"所以你才会轻易地中了我的老式圈套。在我看来，这种极易看穿的诱饵，姑且不论你是否会上当，即使是吉姆·布劳纳上钩的几率顶多也就五成，如果他的腰包里装着一百英镑的话。"

"吉姆那家伙欠了不少钱，整日为还债而苦恼，所以他才想要参与到我这个麻烦的计划中来。"

"原来是这样，正是因为他太缺钱，才有了我们今天的大丰收。真可怜啊，你应该更加坐立难安了吧，约翰尼。要是你的左眉上有伤的话，恐怕也想要排队应聘吧。

"这种乍一看极具诱惑力的招募广告一旦出现，吉姆很有可能为了赚第二笔钱去应聘，这样就大大增加了暴露的风险，对此你心里一定很不安吧。而且在你看来，广告内容非常可疑，绝对不可轻信。因为这种手段完全模仿了你的做法，你总觉得其中有蹊跷。而且招募的地点还是你很熟悉的地方。你是这么猜测的吧——难道是那个东方人发现了你的阴谋诡计，为了敲诈你报仇，于是采取了同样的手段，目的是引出作为确凿人证的吉姆。

"你大概没想到自己的对手是警察吧，以为这只是同行的把戏。但不管怎样，如果吉姆被金钱所诱惑而若无其事地现身此处的话，无论如何你都要阻止他才算保险。你就是这么考虑的，对吧？"

布里格斯顿无言以对。

"原本你就对自己的计划很有信心,认为不会被警察发现,此处也不可能有警察埋伏,所以才拿着酒瓶厚着脸皮来到这里。

"如果招募广告的内容是像你当初写的那样,目标只限于身材非常瘦的男人的话,那么你估计吉姆也会提高警惕,不会轻易上当。然而这回的广告却是要招募'左眉有伤的男人',这令你极度不安,虽然不确定吉姆是否会来,但总不能一直待在家中坐以待毙。所以,你便不辞辛苦地冒着严寒,顶着高龄在这附近徘徊游荡,一边模仿着醉鬼的模样,一边提心吊胆地窥伺吉姆有没有出现。

"说实话,我当时想,如果吉姆能早早赶来排队,布里格斯顿就会仓促现身,那么将他们一网打尽应该很容易吧。然而,正如刚才你所忠告的一样,世事不会尽如人意。等了一个半小时,我放弃了这个计划。

"而且不管怎么说,吉姆或许仍会犹豫不决。即使他会来,也很可能接近面试截止时间——下午四点才出现。在那之前如果布里格斯顿感到厌烦而打道回府的话就麻烦了,总之我不得不先下手为强,立即采取行动先将你逮捕。就是刚才见到的那个年轻人,我让他乔装打扮成吉姆的模样,吩咐他一个半小时后赶到弗洛登路来。

"虽然我还没见过'著名演员'吉姆先生，但要模仿他很简单，因为作为金斯莱的替身，他肯定和那具木乃伊极其相似，只要照着那具尸体打扮就不会有错。

"而且我在广告中说过这是一份冒险的工作，所以很庆幸窗下聚集了许多强壮的男人，如同杂志里的商品样本。多亏于此，假扮吉姆的年轻人一出场，光是他瘦削的身材就十分引人注目了。无论是老眼昏花的布里格斯顿老头儿，还是在二楼观望的我们，都注意到了他。你应该不会生气吧，约翰尼？你也制造了冒牌货，我不过是做了同样的事情罢了。

"好戏开始后，比我预想的还要顺利好几倍。不过说实话，对于这个陷阱我还不是特别放心。说不定吉姆是第一个来的，而因上了年纪姗姗来迟的布里格斯顿就会错过他。我们没有十足把握判断哪一个是吉姆·布劳纳，所以无论如何也要请你帮我们一把。我祈祷你千万不要迟到。

"另外，我最担心的就是你们俩住得很近，极有可能保持着密切联系。那样的话，这种显而易见的圈套当然行不通。当我昨天从这位东方客人那里得到计划的灵感时，就一直专心思考这个问题。之后和雷斯垂德警官探讨时，他推断出这样的结论：布里格斯顿绝对不会和吉姆密切联系，他们只决定了剩下酬金的交付时间和地点，在此之前互不干涉，各自潜伏。不如说，这两个人已经断了来往。

"究其原因，首先是因为如果不这么做的话，本次计划的详细情况就会被吉姆知道，布里格斯顿担心吉姆会以此要求更高额的酬金。此外还有其他理由，我在此就不赘述了。

"关于这个计划，我在伦敦的主要报纸上都刊登了招募广告——包括布里格斯顿登过广告的《每日电讯报》，所以我有信心把他引诱出来。我很了解布里格斯顿的性格，我推测只要他在伦敦近郊，就一定会来。不过，我也做好了吉姆可能不会露面的心理准备。那样一来，今晚的派对就会像没有埃及艳后登场的罗马战记一样，多少有些冷清吧。

"好了，天下没有不散的筵席，如果没有其他疑问的话，也差不多该散场了。让这两位贵客在铁窗监牢中好好休息吧！"

"请等一下，福尔摩斯先生。"夏目慌忙插嘴，"刚才你好像说过我认识这位约翰尼·布里格斯顿先生……"

"哦，对了对了，我差点儿忘了这件事。不过，我说的是你应该听过他的声音。"

夏目陷入了沉思，然后说："不明白，我似乎不记得了。"

"你还不明白吗？不过，他的声音很小，可能没什么特点。"

"啊！是幽灵的声音吗？"夏目大声喊道。

"答得漂亮！别看这个老头儿现在这么老，原来可是马戏团出身。尽管年事已高，但潜入你房间的天花板打个响指，或者模仿幽灵之类的伎俩，对他来说都是小菜一碟。"

"可是，为什么呢？他为什么偏偏要故意吓唬我呢？"

"因为你是为数不多住在伦敦的东方人啊，而且你以前住在普利奥里路。你也说过，从住处步行至林奇家的宅邸，只有不到十分钟的路程。

"你还记得林奇家后院仅隔着一丛篱笆就是隔壁邻居家吗？从林奇家可以清楚地看到邻居家二楼的大窗户上挂着一块写着'空房间'的大牌子。布里格斯顿认为只要把你赶出原来的住处，你就会马上搬到附近那个林奇家隔壁的房子里，因为他觉得你会继续在普利奥里路寻找新住处，而不是搬去遥远的弗洛登路。

"虽然对富有教养的你这样说很失礼，但在英国欢迎东方人寄宿的出租屋公寓目前还不多，而林奇宅邸后面的那栋房子，是伦敦少数欢迎东方人入住的人家之一。"

"可是，为什么要让我住进那栋房子呢？"

"当然是为了使演出效果更完美。假如笼罩在东方诅咒阴霾下的林奇宅邸邻居家的窗户上，若隐若现东方人的面孔，那么吉姆的出色演技会得到更多磨练，对玛丽·林奇的神经产生的刺激效果也会倍增。"

"原来如此，竟然是这么回事……所以即使我搬到弗洛登路之后，他也没有停止对我的恐吓。"夏目感到心情有些复杂，不禁感慨道。

"但是，因为你到贝克街找我商谈了此事，他感到有些危险，因此放弃了这个计划。"

"是这样啊。可我是日本人，不是那个国家的人。"

"夏目先生，我们英国人对于东方还不甚了解，现在的伦敦人又有多少能正确区分那个国家的人和日本人呢？更不用说布里格斯顿这个毫无教养的家伙。我敢打赌，这个老头儿认为日本是香港的一部分。不知为何，英国人自古以来就有这样的思维习惯。喂，布里格斯顿，你知道日本是一个岛屿吗？"

"什么？日本是一个岛屿？"

"你看，夏目先生，就是这样。在这次事件中，从一开始就明显存在混淆两个国家的倾向。"

"确实，我们日本的海外知名度还差得远呢。"

"因为日本还年轻，是属于未来的国家。就像年轻时的福尔摩斯一样，在蒙塔古街开了一家不起眼的事务所，静静等待案件委托的到来。那时我缺乏的不是犯罪侦查的能力,而是宣传。"

"福尔摩斯先生,我还有一点没弄明白,"雷斯垂德问道,"从金斯莱喉咙中取出的纸片上面的'61'到底是什么意思?"

"啊,是那个'つね61'吧?"夏目也附和道。

福尔摩斯听到我们的疑问后,做出把下巴埋进衣领的动作,大口吐出烟斗里的烟。

"事到如今,这是唯一的谜团了。我就是想要揭开它的谜底,才让你们一直陪我到现在。喂,约翰尼·布里格斯顿,那到底是什么?"

"你在说什么?"

布里格斯顿一脸茫然地看着福尔摩斯。

"那具木乃伊的喉咙里塞着一张朗廷酒店的便笺纸,上面写着类似东方文字的符号和数字'61',你不知道吗?"

"完全不知道,这还是我第一次听说。我不骗你,那不是我干的!"

"吉姆,你知道吗?"

"我也毫不知情。"

"福尔摩斯先生,事已至此我又何必撒谎!这的确是我生平头一次听说这种事,千真万确!"

"嗯,我知道,反正就是这么回事。雷斯垂德,我想这恐怕是金斯莱临死之际按照自己的意志做的事。很遗憾我无法对这一点做出完整的解释,但我觉得这并不是多么重要的问题。金斯莱是饿死的。当他将要饿死的时候，就会想到身边有什么东西可以充饥，而容易入口的除了食物以外恐怕就是纸了。纸似乎最容易吞咽。我想应该就是这样吧。

"我认为那些数字和文字是金斯莱偶然在纸上留下的涂鸦或是笔记之类的，只对金斯莱本人有意义，和我们以及本次事件没有任何关系。又或是因为那张纸堵塞在喉咙里导致他窒息，可能是他的直接死因，但除此之外我想没有别的意义。

"啊，夜已经很深了，请各位不要剥夺我和华生沉浸在音乐中的喜悦。华生，你今晚不是也想听音乐吗？太好了，不愧是我的老友。我们现在去马提尼饭店吃个简单的晚餐，还能轻松赶上瓦格纳之夜的第三幕哟！"

13

　　普利奥里路的木乃伊事件就这样解决了。华生医生非常感激我的帮忙，之后他不顾我的数次婉拒，又接连请我吃了好几次饭。

　　华生医生之所以向我致谢，并不仅仅是因为在我的协助下事件得以水落石出，还因为福尔摩斯从窗户掉落的时候，脑袋撞到了水桶底部，恰巧使他的精神状态完全恢复正常。华生医生说，福尔摩斯将变回原来的完美绅士，今后能再次为守护英国市民而大展拳脚。

　　我虽然半信半疑，但听到这句话还是很开心。那之后我和福尔摩斯见过好几次面，实际情况确如华生医生所言。他举止优雅，彬彬有礼，与过去简直判若两人，比我在英国见过的任何一位绅士都更有风度。果然我刚认识福尔摩斯的时候，他的头脑有些不正常。

　　自那以后，我总是被一些鸡毛蒜皮的琐事所烦扰，主要是住宿方面的麻烦，除我之外的另一位房客搬走了，房东姐妹不得不关门歇业，不再对外出租房间。

房东姐妹在伦敦市郊的图廷地区找到一处更小的房子，她们再三恳求我说如果我打算搬到别处去，不如和她们一起搬过去。起初我迟迟不肯答复，但最终还是妥协了。于是，四月二十五日我们搬家了。图廷这个地方在东京相当于小石川地区的郊外。

刚搬来一个月，池田菊苗就从柏林来访，在我这住了一个月左右，公使馆馆员神田乃武和诸井也来过好几次，友人的频繁造访使我的周围突然热闹起来。特别是与池田的交往，令我受益匪浅。他虽然是个理学学者，但一说话就能感觉到他是个了不起的哲学家，我对此颇感惊讶。六月二十六日，他在肯辛顿找到住处，便从我这里搬了过去。

近来虽疏于同福尔摩斯先生等人的往来，但只要在伦敦，他们的消息就会源源不断地传来。七月二十日，我搬到克拉珀姆公园附近的出租屋，当天在报纸上看到了木乃伊事件中那位不幸妇人的小叔子特雷瓦·林奇被逮捕的报道。据称，这个男人为了侵占兄长遗孀的财产，策划了这桩骇人听闻的事件。至此，引起伦敦市民热议的普利奥里路木乃伊事件，终于圆满地落下了帷幕。

不，这么说是不准确的。当然，在社会大众看来事件确已完美解决，但对福尔摩斯和我自己来说，并非如此。因此，我打算在下面记录一下后续发生的事情。

公历一九〇二年，即日本明治三十五年年初，我收到了华生医生的来信。信中说到，他和福尔摩斯两人通过特殊手段让木乃伊事件中冒充金斯莱的吉姆·布劳纳获释出狱，督促他努力改过自新，之后安排他与玛丽·林奇见了面。听闻如此，我受宠若惊，没想到他们两位还记得我的提议。

不过，信中没有提及他们见面后的结果，我想应该不是很理想。玛丽·林奇在那之后也没有从兰兹角的精神病院出院，看来这次重逢似乎并没有给她带来戏剧性的康复效果。

刺激疗法对玛丽夫人没有产生效果，对此我感觉自己负有一定责任。因此，趁着去查令十字街查阅古书时，我曾两次顺路前往贝克街拜访。正如华生医生所说，从那以后，福尔摩斯就像变了个人似的，极有绅士风度，所以也无需再吸食可卡因了。华生医生说福尔摩斯只要不发病，从来都是这般风度翩翩。

克雷格老师的私人授课已于去年结束。之后，我便以先生埋头钻研莎翁字典的态度为榜样，蛰居在克拉帕姆公园出租屋三楼，潜心创作文学论著的原稿。因此，我自然也很少再去贝克街了。

明治三十五年对于恢复健康的福尔摩斯似乎是一个多事之秋，而对我来说，这一年是自己在英国留学的最后一年，所以也非常忙碌。

正当我准备埋头撰写文学论著的时候，四月中村是公（漱石的同学，后来的南满洲铁路总裁）造访寒舍，六月末浅井忠从巴黎顺便来访，到了七月芳贺矢一（后任国学院大学校长）从德国来看我，九月土井晚翠来我住处暂住了一段时间。接下来，十一月七日我必须乘坐日本邮船丹波丸号回国。为了顺利搭乘这艘船，我和现在在德国的藤代祯辅两人早早就办好了预约手续。

这样一来，文学论著的原稿自然也写得不顺畅。国家投入大笔金钱来培养我，而我在这个国家究竟学到了什么呢？想到这里，我的心中不免泛起一阵寒意。

十一月的第一个夜晚，我半夜听见噼里啪啦的声音，吵得我无法入眠。看来自己与这种噪声相当有缘。

话虽如此，这当然不是怨灵作祟，全是拜附近一个叫克拉珀姆枢纽站（换乘站）的大型车站所赐。在这个枢纽站，一天内会聚集上千列火车。如果仔细划分的话，就是每分钟一列列车进出车站。

在浓雾弥漫的夜晚，列车通过某种装置，在每次驶入车站时都会发出爆竹般的声音，以此作为信号。因为信号灯的灯光太暗，不管是蓝色的还是红色的，都压根派不上用场。我一听到车站传来噼里啪啦的声音,就会想今晚雾真大啊。

我闭目聆听,总觉得像是举办祭奠的熙攘声,令人产生这样一种错觉,仿佛此时窗外人头攒动,庙会摊位鳞次栉比。

想到这里,我起身下床,卷起北窗的百叶窗,从三楼往外举目眺望。目之所及唯有一片茫茫然,杳无人烟。从草坪尽头一直到被三面砖墙包围的一间多高的地方,满目皆空,只有无尽的空虚寂然凝滞。

我一边望着眼前的萧条景象,一边想明天去贝克街跟他们道别吧。

凛冽的寒风吹打在高大建筑上,显然无法笔直地穿过去,便如同闪电般突然折断,从头顶斜斜地往下刮向铺路石。我一边走,一边用右手按住头上的圆顶礼帽。

抬头一看,眼前是正在等客的车夫,看样子他是在驾驶台上看着这一切。当他和我四目相对时,他竖起食指,这是在询问我是否需要搭车的行话。我没有上车。车夫见状,右手握紧拳头,猛击胸口。隔着两三间的距离我也能听见咚咚的声音。伦敦的车夫用这种方法使身体和手保持暖和。车夫身穿一件像是用毛毯缝合的粗纺茶色外套。

我缓慢地行走,想要把贝克街的景色深深烙进心底。路上的行人都超过了我。就连女士们也不甘落后，只见她们从腰后提起裙子，脚下的高跟鞋仿佛快要折断一般重重地踩踏着铺路石，发出尖锐的响声。

仔细一看，每个行人都是神色匆忙而窘迫的样子，他们的态度就好像在说：在路上走不下去，在户外待不下去，如果不赶快躲到屋檐下，那将是一生的耻辱。

我一边缓缓前行，一边回想起自己在这座城市生活的艰辛。高石建筑耸立两旁，道路夹在中间显得十分狭窄，我如同在谷底行走一般。冰冷的寒风呼啸而过，仿佛要掀翻这整个谷底似的。

这里就像在举办博览会。如果把我国淳朴的民众带到这里来，谁都会有这种感觉吧。两匹马吐着粗重的白气，驱使着双驾马车往来穿行。公共汽车的二层，乘客们规规矩矩地坐着。女士们头戴浮夸的羽毛头饰，男士们都用干净的衣领遮住脖颈。

蚂蚁聚集于砂糖之甜，人类聚集于文明之新。跨越遥远的波涛，我也是被文明的甘美吸引而来的其中之一。

没有人比文明之民更自豪于自己的成绩，也没有人比文明之民更为自己的停滞而痛苦。他们在《每日电讯报》的三行广告中，发出了痛苦的叹息。

文明把人的神经削成锋利的剃刀，把人的精神磨成迟钝的捣棒。面对文明的刺激，人们麻木不仁，又极度渴求，终究会走上犯罪的道路。然而，我现在也逐渐成为适应这种刺激的文明之民。也许在不久的将来，所有日本人都会汲取文明的精华，变成像我一样的文明之民。

北方城市的冬天来得很早，回过神来时，街上已经充满冬日气息。那段和福尔摩斯他们密切交往的令人怀念的日子，也发生在冬季。还有五天，我即将离开这片土地。这样想着，贝克街二二一B座的大门出现在眼前，我不禁感慨万千。

"夏目先生，欢迎你的到访。昨天我还在和华生谈论你的事情呢。"夏洛克·福尔摩斯先生一如既往爽快地迎接我。

"今天是来向你们告别的。"我说。哭也好，笑也罢，反正再过五天，我恐怕就要永远离开这座古老的煤气灯之城和雾之都了。

福尔摩斯正用双手捂着烟斗前端点火，听到我这句话后，骤然停止手上的动作，抬眼看向我。然后，他在摇椅上用力向后仰，大口吐出一口烟，说了声："真是遗憾。"他又故作姿态地说："我还想跟你更亲近一点儿呢。"

华生医生在一旁问我什么时候离开伦敦。我故意回答说具体日期还不确定，因为我不喜欢别人来送行。另外，我深知这两人为守护伦敦市民的平安近乎是分身乏术，所以不想打扰他们工作。

另外，我说的这句话也不完全是谎言。因为当临近离开的日子时，我就越发强烈地意识到，自己没能在英国学到足够多的东西。而且我还强烈希望再去法国看看，因此我已向本国写信，请求延长汇款期限，哪怕是半年或两三个月也好。如果我的请求获得批准的话，启航回国的时间就会稍微延后。当然，我也做好了不被允许的心理准备。

"承蒙两位的关照。"我再次向他们鞠躬致谢，接着又说："这段时间和你们的亲切交往，将成为我今后一生的财富。"于是，福尔摩斯一本正经地说："应该是我们感谢你才对。如果没有你的帮助，或许我会因为无法妥善解决普利奥里路的木乃伊事件而提早退休吧。"

此时此刻，我却有一种恍然大悟的感觉。这位名声显赫的大侦探之所以如此在意早已过去的木乃伊事件，其实是因为玛丽·林奇受刺激发疯这件事令他深感自责。

"关于玛丽·林奇夫人的事，我感到非常过意不去。"我说，"我的提议好像没什么效果。"

听罢我的话，福尔摩斯立刻打断我说道："如果你说的是让吉姆·布劳纳与玛丽见面这件事，那你完全想错了。她的病情明显正在好转，这显然是因为和吉姆的会面发挥了很大作用。

"只是在她的脑海里,对横卧在床上的那具木乃伊的视觉性记忆并不是那么轻易就能抹去。因此,对她来说,发现尸体时受到的精神刺激虽已逐渐缓和,却时常卷土重来。这个事实让她难以回归日常生活。

"如果玛丽能够恢复逻辑思考能力,哪怕只是正确接受'那具木乃伊和眼前的吉姆不是同一个人'这一事实以及我们关于'那个惨剧是由别人精心策划的'这一解释,那么事态肯定会有很大的进展。

"当然,这样一来,玛丽就要承受被自己视作弟弟的人所欺骗这一沉重打击,并且再次与之进行思想斗争,到头来她不得不面对亲弟弟已经不在人世的事实。不过,由于弟弟不是被人谋杀,她多少还有希望恢复正常。

"不管怎样,虽然前路漫漫,但她的状态确实在稳步恢复。放弃希望是愚蠢的,而且很明显,每天在她身上发生的小进步,绝不是一场空欢喜。"

听了福尔摩斯这番话,华生医生也接着说:"我们正在稳步前进。只是有时候我也会想玛丽要是有个孩子就好了。对于女性来说,是否拥有倾注爱慕的对象,情况是完全不同的。尽管也有因此反而变得更糟的例子,但玛丽这种情况如果有爱慕对象,应该能帮上大忙。不过,唯有这方面,我们爱莫能助。"

听着这两位先生亲切的话语，我顿时放心许多。在他们的关照下，也许那位妇人不久之后就会迎来属于自己的好运气。

我靠在安乐椅上，微微闭上眼睛，感觉心情相当舒畅自在，甚至想要一直这样下去。短暂地享受了这种心情，我又将其铭记于心，至此一切画上句号。

"从你们口中了解了玛丽·林奇的状况，我就稍微安心了。天下没有不散的筵席，虽然感到十分不舍，但我也不能一直这样待下去。"

当我说到这里时，一个肥胖的彪形大汉打开门冲进了房间。他满脸通红，毛发稀疏的额头上渗出了汗水。胖男人瞪了一眼安坐在摇椅上的福尔摩斯，说道：

"您就是福尔摩斯先生吧。现在整个伦敦，没有比我更苦恼的人了。无论如何，我今天都要向您请教一件令我困扰已久的荒唐事，请您务必帮忙想出一个令人信服的解释！"

说完，他瞥了我一眼，又说："还以为来到这里就可以马上向福尔摩斯先生诉说我的烦恼呢，没想到已经有客人了，真可惜。"

我说现在正好要回去，然后与福尔摩斯先生及华生医生依次握手言别。福尔摩斯的手掌骨感宽大，而华生的手掌则十分柔软干净。

然后,我请那位吵吵嚷嚷的客人坐在安乐椅上,便迅速离开了。两人都露出过意不去的表情,但我反而觉得不影响他们工作就挺好。

接下来,我又顺道去了克雷格老师家做了临行前的告别。家中保姆那一惊一乍的模样,以及老师那件条纹法兰绒衬衫,都还是老样子。

我回到克拉珀姆公园的住处时,一位房客老太太用法国口音的腔调大声迎接我:"夏目先生,你看看。"

待老太太说罢,我看见她两只手掌合拢在一起,有两只小白鼠似的东西在上面蠕动。我问她这是什么,她说是小猫崽。

"那只波斯猫总算生了,这是刚产下来的小猫。"听她一说我才恍然大悟。在餐厅的角落里,笼子里关着一只猫妈妈。走近一看,还有三只小猫咪。总共好像生了五只。

拿起来一看,小猫咪们都还没睁开眼睛。我想起之前听这里的房客说过,那只波斯猫差不多该生了,却怎么也生不出来。这时,里屋传来老板娘的声音:"必须找到愿意收养它们的人家。"

我回到三楼自己的房间,告知正冈子规死讯的信件以及文部省寄来的不批准延长留学期限的函件正等着我查看。

至此,我终于定下了十一月七日出发回国的

计划。

藤代贞辅从柏林赶来伦敦，与我会合一同返日。出发前，我陪同没来过伦敦的藤代到处逛了逛，尤其是参观了肯辛顿博物馆和大英博物馆。

转眼间十一月七日就到了，是个阴沉沉的星期五。在英国，这个季节本来就很少有晴天。我的心情异常沉重。在这里的生活曾让我感到非常不愉快，但到了该离开的时候，难免会觉得依依不舍。

临近出航时间，我们走进可以看见泰晤士河河面的烤肉店，去吃在英国的最后一顿饭。海鸥掠过泰晤士河浑浊的水面，在上空盘旋。我们一边透过窗户眺望风景，一边碰杯畅饮啤酒。

我独自回想起这两年在英国的留学经历，此时店内某个角落突然爆发出一阵欢闹声，打破了我的冥想。我猛地向后仰起上半身，想要确认发生了什么事。

就在刚才，一只猫儿冷不丁跳上正在不停烤肉的老板的桌上。厨师老板慌慌张张地挥舞着饭勺和小刀赶走了这个入侵者。放弃猎食后，猫儿敏捷地跃至地板，气定神闲地从我们的餐桌下面钻过，跑到大街上去了。

藤代笑眯眯地对我说，不管哪里都一样，他在德国也看到过类似的光景，看来在西方，猫也会吃肉。

我在四国的松山也曾看过同样的场面。就在我刚要把这句话说出口的一刹那，某个念头如闪光般闯入我的脑海。一时间，我的大脑一片空白。

后来问过藤代才知道，当时他对我说了很多话，我却毫无印象。店员把烤肉端上来，我勉勉强强吃完了，但完全是一副心不在焉的模样。

不知道此刻的我在别人眼中会是何种形象，但我的内心慌乱如麻。要想把自己的想法付诸实践的话，就必须抓紧时间。突然回过神来，眼前是满脸担忧的藤代。看来他是在担心我是否神经病发作了。

"你到底怎么了？"藤代问道。

被他这么一问，我一下子感到为难。本想详细说明一下原因，但我盘算着，直接利用藤代的这种误解也算是一种策略。即使照实说，对方也不容易理解。说完之后，更不想听见一番自以为是的说教。于是，我嫌解释起来太麻烦，便冷不防地对藤代说："我就不送你上船了。"

本来打算和我一起回国的藤代大惊失色，只见他张大嘴巴，像金鱼似的瞪大了眼睛。过了很久，他才问道："你打算做什么？想留在英国吗？"

"你先行回国，替我问候大家，我坐下周的船回去。"

留下这句话后，我匆忙离开了烤肉店，没去看藤代的表情。

我在大街上拦住一辆载客马车，命令车夫前往克拉帕姆公园，一到出租屋门口便急不可耐地推开门进屋。果然赶上了，笼子里还剩下一只小猫，真是值得庆幸的事。

我请求房东把这只小猫给我，说待会儿再告知原因，又走到外面。而后我忽然想到了什么，便再次返回屋内，拜托房东让我多住一个星期。

在开往贝克街的十字路口马车里，小猫紧紧抱着我的胳膊，不安地不停地叫着。

我抱着小猫上楼，走进了福尔摩斯的房间。两人听见突如其来的猫叫声，条件反射般从椅子上一跃而起。

"你们看，很可爱吧？"我模仿福尔摩斯的语气说道。

小猫用爪子紧紧抓着我的胸口。我放开双手，不管如何逗弄，它都毫无反应。

"这是一只血统纯正的波斯猫，怎么样？两位喜欢吗？"

听我这么说，两人笑眯眯地附和道。于是我越发得意地说："那就没问题了，玛丽·林奇夫人肯定也会喜欢的。"

夏洛克·福尔摩斯这个人，一旦深受感动就会变成一个急性子。我们三个人立刻乘上了开往康沃尔的列车。听到我的主意时，福尔摩斯这样回答道："现在正好完成了一项工作。如果要去兰兹角度过一个愉快的周末，还有比现在更适合的日子吗，华生？"

说罢，他立刻回到屋里拿上外套和手杖。

到达兰兹角的时候，冬日的夕阳已经下山了，这片地带笼罩着薄薄的雾霭。我初来乍到，不熟悉当地的情况。我和他们两位一起在城郊的小旅馆住了一晚。

夜幕深沉，全然看不清外面的景象，但我以前听说这里是一处荒芜之地。我躺在旅馆简陋的床铺上，听着远处海浪破碎的声音，直到进入梦乡。

一觉醒来，我极目远眺，这片土地比想象中还要凄寒萧条。晨雾笼罩四周，空气湿冷交加。天还未亮我们便仓促启程，出了旅馆踏上一条狭窄的小路，手中提着装有小猫的笼子，步履匆匆地赶路。

波涛声越来越近，脚下小道似乎通往大海。我这么想着，忽然发现竟走到了悬崖边上。大海的气息扑面而来，道路沿着悬崖不断延伸。脚下遥远的海上波涛汹涌，附近低空飞舞的海鸥动辄沾湿翅膀。

天色渐渐明亮，周围的景色变得清晰起来。随着太阳升起，我反复环顾四周。映入眼帘的岩石、枯草遍布的原野以及到处破草而出的泥土，一切都沉浸在冬日的色调中。昨夜下起了蒙蒙细雨，似乎稍稍滋润了这片土地。

我比从前更加强烈地感觉到，这个国家的土地有其独有的色调。那是日本绝对没有的、北方地区特有的颜色，而最能凸显这种色调特点的季节正是晚秋时节。英国是被晚秋风光所眷顾的国家。我踏上这片土地后，这种感触更加深刻。

精神病院位于距离海边很远的山坡上。清凉的雾霭掠过皮肤，我和华生医生不得不喘着粗气前行。而福尔摩斯似乎走惯了这一带的山路，他丝毫不喘气，弯腰阔步一股劲地往上爬。想到他比我年长许多，我感到敬佩不已。

精神病院比想象中要小得多，我预想的是像肯辛顿博物馆那样宏伟的建筑。然而，出现在眼前的医院却比普利奥里路的林奇宅邸还要小。

在院长尼布希尔的带领下，我们穿过了宛如伦敦塔般、高墙环绕的庭院。院中草坪铺展、绿草丛生，与林奇宅邸的庭院相比，这里更像是一个小巧玲珑的中庭。

来到院子里，只见众多患者在一片瘆人的沉默中三五成群地散步。在他们近乎私语的谈话声中，夹杂着小提琴的声音。

我转过头四处张望，搜寻传来小提琴声的地方。仔细一看，福尔摩斯也以相同的动作，正到处寻找奏响音乐的主人。

我和华生跟随福尔摩斯穿过草坪。不久，我们看见在山毛榉的树荫下，有一位妇人坐在石头上静静地演奏小提琴。

我对西洋音乐一窍不通，更别说评判小提琴演奏的好坏，所以我无法判断这位妇人的演奏水平。不过我听得出来，她的技术非常娴熟，并不是业余的技艺。后来听说在和丈夫相遇之前，她的职业是拉小提琴，自然也就能奏出动听的音乐。看来即使得了精神疾病，她也没有忘记神志清醒时掌握的音乐技艺。

这时，小提琴声戛然而止。不用说是因为她停下了手中的动作，而她停止演奏的理由则是我手提的笼子里的小猫发出了叫声。

妇人左顾右盼，四处察看，动作好似盲人。单从她这般模样来看，还不能断定她的精神状况究竟恢复到了什么程度。

发疯的妇人很快找到了猫叫的地方，她转向我这边，却完全不正眼瞧我，随即把小提琴扔在草地上，奔向我身边一把夺过笼子。

妇人心急如焚地试图打开笼盖，但盖子上的金属扣没能松开，她发出低沉而焦躁的呻吟，那副着急的模样就像快要饿死的乞丐手忙脚乱打开饭团包装似的。

终于，盖子打开了，玛丽·林奇看到笼子里的小猫后，发出了好似悲鸣又似欢呼的叫声。然后，她抱起小猫，近乎疯子般执拗地、一遍又一遍地不停抚摸它的脸颊。

　　福尔摩斯见状，捡起地上的小提琴，一声不响地站立着。

　　返航的轮船下周和下下周都预约满了，照这样看来，从伦敦出发估计要到十二月了。想来我前几天没坐上的十一月七日出发的船就是在十月中旬预约的，那么现在只能预约十二月出发的船也是情理之中。我想既然事已至此，就在英国把还没写完的文学论稿完成吧。

　　送别丹波丸号大约两周之后，我留在英国的消息应该已经传开了。高浜虚子和河东碧梧桐的来信，上面详细记述了正冈子规临终时的情况。高浜还请我撰写关于正冈生前事迹的回忆录。据说正冈临终之日是九月十九日。

　　另外，这封信中还写到，我患上抑郁症的传闻甚至传到了日本。我想起在烤肉店和藤代吃饭时发生的那件事，心情有些苦涩。我回到日本后才知道，藤代果然一回国就向文部省报告了"夏目精神存在异常"的情况。我也认为这是理所当然的处理方式。

　　高浜让我写正冈的回忆录，似乎是为了刊登在《杜鹃》（杂志名）上。听说我以前写给子规的书信，好像已经以《伦敦消息》为题刊登出来了。我心想真糟糕，那可就麻烦了。毕竟当时写信是为了引起病床上的子规注意，看来玩笑有点儿开过头了。

接到正冈讣告的那一刻，我受到了多大的打击，这是无论怎么费劲、多少篇幅都无法写尽的。如今我实在写不下去了。而且我是一个脾气别扭、爱唱反调的人，说起来刚才对正冈生前事迹的回忆，净是对他调侃似的抱怨。

正冈子规这个人，无论在哪方面都好为人师。每当我公开发表自己创作的俳句，他就想马上修改或者圈点。不仅是俳句，我写了汉诗给他看，他也会拿起朱笔画上圈点。于是，我下次写了英文诗给他评阅，那位老师对这方面无计可施，只写了"Very good"便还给我了。

还有，那是我借住上野家后屋的时候，有一次子规从中国回来，突然来找我。他既不回家，也不去亲戚家，说是要暂住在我这里。还没等我答应，他就擅自决定了这件事。上野家的人在背地里再三劝阻我，说是据说正冈先生患有肺病，请不要让他住在这里。

我也觉得有些不愉快，但并不介意让他留下来。如今我深切地感受到，当时没有把他赶出去真是太好了。我的脑海中不断浮现出这样的情景。

可是，这样的回忆故事不适合作为对敬畏之友的追悼文，所以在给高滨的回信中，只写了对他详细汇报情况的感谢之词，以及我目前无法撰写正冈回忆录的事情。就在我准备把信封口的时候，我一时心血来潮，补充了一句：

筒袖不归秋棺。

现在已经没有人为我修改圈点这句了。

回国的邮船定为十二月五日的博多丸号，仍然是从泰晤士河的阿尔伯特码头出发。十二月五日星期五，即使在这座北方的城市，也是格外寒冷的一天。有些动作快的商店已经提前布置好了圣诞节的装饰。站在泰晤士河岸边，呈褐色的浑浊水面泛起一片涟漪，宛如被凛冽寒风激起的鸡皮疙瘩。也许是因为太冷，连海鸥的身影都没有。

博多丸已经停靠在码头，但离出航还有相当长的一段时间。我看着几乎挤满了整个码头、冻得缩着身子的人们，其中完全不见东方人的身影。

这是一场无人送行的寂寞旅程。就连公使馆的工作人员也以为我已于十一月七日回国，所以没有派人过来。我把装着仅有的少量随身物品的皮包放在脚边，竖起外套领子抵御寒风，等待上船的许可。

从下游升起一艘空船，左右激荡起褐色的波浪。不久，层层激浪奔涌而至，拍打到停泊在码头的博多丸号上,而那艘三千八百多吨重的轮船却纹丝不动。

不知从何处传来"喵喵"声,好似黑尾鸥的叫声。我想起明治二十二年夏天去房州旅行的事。然后,我神思恍惚地想,这个国家和房州一样也有黑尾鸥吧。

我吓了一跳,心想在这个码头不可能碰上熟人。回头看去,身后站着一个身材高大到几乎需要仰视的男人,他戴着带有耳罩的帽子,叼着鸟嘴一样突出的烟斗,说道:

"夏目先生,看来你不喜欢有人为你送行哪。"

原来是福尔摩斯先生,华生医生也在旁边。而此时最令我感到惊讶的是,两人身后还站着那位玛丽·林奇女士。那只波斯猫紧紧地抓在她的胸前。

我不由得喜出望外,情不自禁地大叫出声:

"福尔摩斯先生,华生先生,你们居然知道我要乘坐这艘船!"

于是福尔摩斯夸张地耸耸肩说:"哎呀哎呀,这家伙太过分了。就算可以原谅你瞒着朋友回国的'罪行',但是你对专家出言不逊是无法原谅的哟。无论你多么想偷偷地逃离伦敦,我都会在那之前恰好出现并拦住你。"

华生医生也说:"听说我国和贵国在今年缔结了同盟,不是吗?(英日同盟。明治三十五年签订。大正十二年废除）。我们是同伴哦！"

不过，我最在意的还是他们身后的妇人。于是，我问道：

"没想到连玛丽夫人也来了，请问您已经康复了吗？"

大病初愈的英国妇人没有回答我的问题，而是小心翼翼地抱着小猫走到我面前。然后用非常坚定的语调说："谢谢你送的小猫，夏目先生。"

我恭敬地握住她的手，用西方骑士的方式跟她打招呼。她虽然算不上大美女，但长得很讨人喜欢。这不是我第一次见到这位妇人，但像这样好好沟通还是头一次。从妇人的状态看来，我想她可能已经恢复得差不多了。

于是我说："你的病好像已经完全好了。"这确是我的肺腑之言。如果藤代贞辅等人在这里，问他我和这个妇人谁是疯子，毫无疑问那家伙一定会指向我。

"已经恢复到可以外出散步了，多亏你的帮助！"福尔摩斯说道。我略感惶恐，指着小猫说："不是我的功劳啦，多亏了这家伙才对。"

福尔摩斯思考片刻，然后这位著名的大侦探一脸为难地说："是啊，究竟谁的功劳更大，确实是个很难的问题。"

而后，他又说："不过，我们想到了一个极妙的解决办法。"

我"啊"了一声,等他继续说。

"那就是给这只猫取名叫作夏目。"

我不禁笑出声来。

"你该不会讨厌这种做法吧?"

"哪里的话,这是我的荣幸。不愧是头脑聪明的大侦探。这样一来,即使我离开了这个国家,我的分身也会留下来呢!?"

于是,福尔摩斯问我的名字是什么。

"金之助。"我回答道。

"金……嗯,还是不要以你的名字命名比较好。这个名字就连你自己也很难记住吧。"

这时,玛丽走了过来,递给我一个黑色的小型手提包。

"这个送给你,作为猫的谢礼。"她说,"我已经不需要它了。"

这是一把陈旧的小提琴。上次我们去兰兹角的精神病院时,这位妇人在山毛榉树下拉的就是这把小提琴。

我感到极为困惑,一时间不知所措。我看向福尔摩斯,他就像在说"可以可以,请你收下吧"一样,默默地点头附和。尽管如此,我仍犹豫了一会儿。转念一想,本来需要这个乐器的人现在不再需要,而作为乐器的替代品,那只波斯猫确实是我送给她的，所以我收下这把小提琴也是合理的。

"那真是太感谢了。为了铭记那个事件、本人在英国的留学经历以及诸位对我的亲切关怀，我就收下它作为纪念。回国后，我会多加练习，努力学会拉小提琴。"

听我这么说，华生医生开口道："那你就要忙起来了。这套书是我送给你的礼物，你也得读一读，上面记录了我和福尔摩斯处理过的事件。"

说着，他递给我三本装帧精美的著作，接着又略显担忧地说希望这些书不会加重我行李的负担。

我切身感受到了他们的善意。这下子，轮到福尔摩斯先生慌神了。

"你可真弱啊。"他说道，"我没东西给你。"

我说，请不要这么说，我已经从他那里收获了最大的礼物，没办法再接受更多的馈赠了。

"好。"福尔摩斯好像下定了决心似的说，"我送你一份不占地方的礼物。夏目先生，请把那个借我一下。"

福尔摩斯拿起小提琴的盒子，打开盖子，然后熟练地取出乐器，确认琴弦的松紧度。

不一会儿，从夏洛克·福尔摩斯的下颌处传来了一阵如泣如诉、余韵袅袅的音乐声。

这一刻，我感到一种难以形容的震撼，呆愣在原地。在英国生活了两年，我从未经历过如此鲜活美妙的瞬间。

我甚至觉得,这是我有生以来第一次听到真正的音乐。于是,我想到一个真理:所谓音乐,就是大自然的一部分吧。

实际上音乐就是自然本身。悠悠琴声飘然回荡,与萧索的码头、泰晤士河面的风情融为一体,仿佛跨越了千言万语,向我诉说着这个古老国度所拥有的喜悦和悲伤。简直是神明奏响的旋律。不知不觉间,我感到心中涌现如此浮夸的言语。

福尔摩斯是名副其实的名侦探。他的演奏比我迄今为止在演奏会场听到的任何一位专业音乐家所弹奏的曲子都要优美,同时流露出感伤之情。假如他没有成为犯罪学家的话,肯定会成为大有成就的音乐家。

而且,透过这种动听的音律,我深深感受到了欧洲各国的艺术传统。这片土地的上百年历史在琴声中熠熠生辉。在响彻云霄的高音和深沉忧郁的低音的交响共鸣中,人们时刻屏息凝神,共同迈向令人目眩的文明之境。

我想,西方人是多么了不起啊!他们在音乐方面的造诣终于达到了出凡入胜的境界。我国的同胞们如果没有足够的觉悟,便无法追赶上他们。我有生以来第一次感到愉快的泪水充满了眼眶。

音乐突然停了下来。我抬起头。

"啊，不能继续了。"福尔摩斯说，"下雨了，会损坏乐器的。"

这时，周围突然响起了雷鸣般的掌声。回过神来，整个码头的乘客几乎都围着我们，全神贯注地聆听音乐。

夏洛克·福尔摩斯回头望了一眼，没想到竟吸引了如此多观众，他夸张地露出惊讶的表情，用拿琴弓的手稍微抬起帽子，向听众致意。然后他急忙将小提琴收进盒子里，递还给我。我不禁紧紧握住了福尔摩斯的右手，他的手要比我的冰冷许多。

"福尔摩斯先生，我不知该如何表达此刻的心情……"

说着，我竟一时词穷。

福尔摩斯凝视着我的双眼，只说了一句："喜欢我的演奏吗？"

但是下一瞬间，他就把视线从我脸上移开，用近乎冷淡的语气说：

"好了，夏目先生，开始登船了。"

我百感交集，向福尔摩斯先生深深地鞠躬，又向华生医生和玛丽夫人鞠了一躬，然后在烟雨之中走向舷梯，总觉得心里有些焦急。

我缓缓登上舷梯，伦敦的街道以及福尔摩斯他们的身影变得越来越小，雨点如同挥撒粉末一般，静静地洒落在街景和人们的身上。

我想，今后不会再来这个国家了。日本和英国相距甚远。尚且不知自己的人生还剩多少年，但是这两国之间的距离并不是那么轻易就能跨越。

永别了，英国——我在心中嘀咕。

永别了，马车穿梭的石之城。还有这个煤气灯遍布的雾之都，我们此生不会再相见了。永别了。

我千里迢迢漂洋过海抵达英国的那年是公元一九〇〇年，恰巧是十九世纪的最后一年。听说在欧洲十九世纪即将结束时，一种高呼世纪末的消极思潮像鼠疫一样蔓延开来。而我却打算从此跨越迫于革新的祖国和这个古老的世纪。

新的国家，新的世纪，新的人生。我独自一人勇敢地来到异国他乡闯荡。而且，那时的自己也像现在一样在内心深处呼喊着：再见了！

再见了，十九世纪……

这时，我不禁叫了出来。不知不觉在舷梯的中途停下了脚步。神明的启示再次降临在我身上。原来如此，我明白了！我忍不住脱口而出。

我站在原地。乘客们如潮水般涌来，从背后拍打我的肩膀，一波一波登上舷梯。我驻足思考了片刻，然后立即掉头逆行，推开人群，快步走下舷梯。

福尔摩斯他们仍站在霏霏细雨下，正聊着什么。当我快速靠近时，他惊讶得瞪大双眼，说道："咦，夏目先生，你不回日本了吗？"

"我明白了！"我气喘吁吁地说。

"明白什么？"华生医生问。

"就是那个'つね61'啊！"

听我这么说，两人一时露出诧异的神色。不过，他们很快就恍然大悟，两眼放光地看着我。

"华生先生，你现在是否带着那张'つね61'的复制品？"

我大致这样问了一句。华生在外套口袋里摸了摸，接着又在上衣口袋里搜寻。我原本已经放弃了，毕竟自那以来过了太长时间，他不可能还随身携带着那些文字的复制品。然而，华生却欢呼雀跃起来。

"我刚好带着，真是太巧了。这件上衣正好是我从那时候以来第一次穿，纸片的复制品还一直放在口袋里。刚才出门的时候，我想到穿这件衣服，真是庆幸啊。"

说着，他把我也曾暂时保管过的那张纸片递了过来。

这是拥有许多衣服换洗的华生医生才有的好运气。换作是我的话，一件大衣反复洗了又穿、穿了又洗，纸片就很难保存下来了。

我接过纸片，摊开放在手上。细雨落在上面，好似小圆虫般闪闪发光。

"这些文字并没有实质性意义，福尔摩斯先生。"我开始解释。

"而且，因为这是手抄的复制品，大家才会疑惑不解。或者说是由于原件在尸体里放了一段时间，墨水的线条几乎消失了，以致造成误解。

如果按照朗汉饭店的字的方向看，这张纸上写的是"六十一"，但这家饭店的名字并不是 K 写的。

"这样看的话这张纸上确实是写的'61'，但这是被下面的'Langham Hotel'这些印刷铅字所误导的缘故。如果按照'Langham Hotel'字母的方向来看，纸片上写的是数字'61'，但这家饭店的名称并不是金斯莱手写的，而是早就印刷在便笺纸上了。请看，应该这么读。"

说着，我把纸片整个倒转过来。

"这么看来，数字不是'61'，而是'19'。如果不是临摹抄写，而是自然落笔的字迹，一般可以从笔锋等特点来区分文字的上下方向。后面的字母虽然带有强烈的个人书写习惯，但应该是'th'和'C'吧。

"这个't'好像和一般的书写顺序不一样，我来到英国后感到惊讶的一件事就是，没怎么受过教育的人，文字的笔顺往往因人而异。在我的国家，很讲究文字的书写顺序，英国人则不然。金斯莱在写't'的时候，应该是习惯先写一横吧。

"也就是说，这些文字不是'つね61'，而是'19thC'，即'十九世纪'的缩写。"

"啊，原来如此。"福尔摩斯和华生异口同声道。

"事到如今，不管是'つね61'还是'19thC'都无所谓了，而且这些文字和木乃伊事件的内容没有任何关系。恐怕是金斯莱潦草写下了譬如"再见，十九世纪"之类的感慨吧。

"他死于一九〇〇年，也就是十九世纪的最后一年。他几乎是在十九世纪终结的同时离开人世的。

"我们东方人不会产生这样的感慨，但对欧洲人来说，在一九〇〇年到一九〇一年这一世纪交替的过渡期却给他们留下了极为深刻的印象。据说在这片土地上，有人曾说世界将随着十九世纪的终结而结束。"

听我说完，福尔摩斯郑重其事地说："言之有理，这一次我甘拜下风，夏目先生。不如你放弃枯燥乏味的文学，改行做侦探如何？"

"嗯，他在快要饿死的时候把纸片塞进了嘴里。"华生医生说道，"只是因为饥饿，纸上写的内容没有太大意义啊。"

于是，福尔摩斯脸色窘迫，有些不自然地继续说道："我们把它和事件联系起来考虑了，而且方向还看反了。华生，你不会想把这种事也记录下来吧？"

福尔摩斯初次看到这张纸的时候，因玛丽·林奇发疯的事而受挫，精神变得不大正常。否则，这么简单的事情，不可能逃过他的火眼金睛。

"可是，这张便笺纸残留的主体部分去哪里了呢？"福尔摩斯提出疑问。

"碎片是在金斯莱的喉咙里发现的。他孤身一人在无人问津的独栋屋子里，孤独地饿死了。这样一来，被他撕碎吞下以外的剩余部分应当留在了家里，之后被约翰尼·布里格斯顿发现才对。自那以来，我曾多次质问那个坏家伙纸片剩余部分的下落，但他坚持说真的不知道。我认为他没有说谎……"

福尔摩斯右手拿着烟斗，在我们周围转来转去。

"这张纸上写的文章是什么呢？是某个备忘录、潦草的涂鸦，还是诗歌或者别的什么？夏目先生，你认为那是什么？"

"我觉得是随便乱写的涂鸦，不过，也可能是诗歌吧。"我回答。

"不对，夏目先生，我不这么想。将死之人不会写什么诗歌或者备忘录，当然这不一定是他临死前所写，但是已做好迟早会死的心理准备的人，是不会写下这些的。"

"这么说的话，那应该是什么呢？"

"是信，或是遗书。嗯，这种可能性很高哦，华生。没错，就是信，但现在消失不见了。为什么会这样？真奇怪。"

福尔摩斯停下脚步,苦苦思索着。

"不会整张纸都吃下去了吧?"华生说道。

"那种情况不大可能发生。"福尔摩斯立刻反驳道。

"遗书或信件是写给谁的呢?"

"这一点相当重要,夏目先生。说到金斯莱写信的对象,那么只能想到唯一的那个人,就是这位。"福尔摩斯用手示意悄然伫立的玛丽·林奇。

"孤独的金斯莱父母双亡,唯一的亲人只有失散多年的姐姐。是这样吧,玛丽夫人?对于临死前的金斯莱来说,如果要给谁写信的话,应该是在某处活着的姐姐吧。然后……"

这时,福尔摩斯目光炯炯,朝玛丽·林奇夫人的方向走了几步。夫人似乎不明所以,茫然地站着。

福尔摩斯慢慢地将项链吊坠从玛丽夫人的脖子上取下来。她的脖子上挂着两个相同款式的蓝色项链吊坠。

"这个表面有刮痕的是你弟弟持有的吊坠吧!这是金斯莱与阔别已久的姐姐唯一共通的回忆,他很可能把信放入其中,想着总有一天吊坠会辗转落入姐姐手里。你们看,就像这样。"

福尔摩斯打开手中的项链吊坠,里面放着一张折叠而成的小纸片。玛丽·林奇像被弹起来似的跑到福尔摩斯的身边。

福尔摩斯缓缓展开纸片。我也凑过去看了看。那是朗廷饭店的便笺。烟雨交加的寒风透过码头吹来，便笺纸摇摇欲坠。

"亲爱的姐姐，"福尔摩斯读出声来，"下面有部分破损了，有些字认不出来。'……即将逝去，新的时代要来临了，可是对我们来说，新时代似乎永远不会到来。我这辈子过得一塌糊涂，但希望阿姐能够幸福。金斯莱'。这是一封简短却感人肺腑的信。华生，请把那份复制品给我，谢谢。"

福尔摩斯把那一部分破损的信和写有"つね61"的纸片拼接起来，破损处紧紧贴合在一起，文章缺少的部分也连起来变完整了，开头即为："亲爱的姐姐，十九世纪即将逝去……"

"事情经过大概是这样：金斯莱写下那封信，放进了父亲的遗物项链吊坠中。但当他饥饿难耐却找不到食物的时候，忽然想到那封信，就打开吊坠，撕下一部分放进嘴里，一边咀嚼一边把剩下部分照原样折好放回去。而他吞咽时纸片卡住了喉咙，然后唾液流入气管，身体虚弱的金斯莱便窒息而死。"

福尔摩斯把信件和"つね61"的纸片复制品交还给玛丽夫人。夫人将这两张纸紧紧抱在怀里，扑簌落泪。

"这是怎么回事啊？上帝对我们姐弟俩如此冷酷无情！不，全都怪我不好，我应该再早一些向弟弟伸出援助之手。"

"请不要责备自己，玛丽夫人。上帝是以最少痛苦的方式将金斯莱召唤而去的。"

"是吗？福尔摩斯先生，真的是这样吗？"

"当然，如今请您多保重自己的身体。"

"啊！"夫人如梦初醒般高声叫道，"请不用担心我，我决不会辜负两位和这位日本绅士的一番好意。我一定会振作起来，不会再认输了。只是，我刚才得知了一个意想不到的悲痛事实，所以情绪有些失控，现在已经不要紧了。"

"我很理解你的心情。"我说。

登船后，我把行李放到船舱后，走到甲板上。福尔摩斯一行的身影在船下显得非常渺小。

"请多保重！"我喊道。

然而，声音似乎非常微弱。福尔摩斯把手放在耳朵旁，做了个动作示意他听不见。或许是他戴的帽子上附带耳罩的缘故。

因此，这次我更大声地呼喊："一起乘坐这艘船去日本吧！"

于是，福尔摩斯把双手掩在嘴边，也朝我大声喊起来。但就在这时，轮船正好响起了启航的铜锣声和汽笛声，我完全听不清福尔摩斯的声音。

汽笛长鸣，久久不息。在汽笛的轰鸣声中，轮船悄然驶离码头。我没能再喊一次。福尔摩斯最后的话语，我终究还是没有听清。

不过，至今我还清楚地记得，福尔摩斯在喊完话之后似乎开怀大笑起来，而站在旁边的华生则惊讶地盯着好友看了好一阵子。

回到日本后，我回想起当时的情景，反复思考华生医生那时为什么会露出那么惊讶的神情。但最终还是想不明白。

很久以后，读了华生医生的著作我才后知后觉。据书中记录，福尔摩斯是个只会抿嘴含笑，而不会放声大笑的人。说起来好像确实是这样。所以，华生当时感到那般惊讶是因为看到好友开怀大笑了。

随着轮船逐渐远离，码头上每个人的面容都变得模糊不清，但我知道福尔摩斯始终是格外瘦削而端正的模样。因此，我很容易判断出站在他身旁抱着小猫的是玛丽·林奇，以及长时间挥手的那位是华生。

我置身于细雨中，一直在想还是早点儿进船舱比较好，可我不停地挥手，舍不得离去。

毫无来由地，我忽然想到什么，暂时闭上了眼睛。于是，眼前出现了福尔摩斯以特征鲜明、装模作样的动作来回走动的身影。那种装腔作势的姿态是西方人独有的，在日本人中肯定看不到。

我猛然想起刚才对福尔摩斯喊的话，也记起来自己情不自禁叫他一起坐船去日本的原因。那便是我向克雷格老师进行最后的告别时，他这样问我："贵国的大学需要西方教师吗？"

我没有回答。他又说："我要是再年轻一点儿就同你一道去日本。"

我安慰老师说他正值壮年，他却说不是的，谁知道什么时候会发生什么事呢，毕竟他已经五十六岁了。说罢，他陷入莫名的低落。

不知为何，克雷格老师对英国人或西方人有些厌烦。福尔摩斯先生不会这样，但是我总觉得他们二人之间有相似之处。贝克街这个地方，看来就是怪人的聚居地。

不久，轮船渐行渐远，当它行驶到就连挥手也毫无意义的时候，我的脑海中突然浮现出那只小猫的脸庞。那位英国妇人怀里的波斯猫，竟然以我这个日本男子的姓氏来命名，真令人心情愉悦。感觉自己好像变成了一只猫。

"我是猫。"我试着用日语念出来。

然后，我又想用稍微滑稽一点的说法：

"老夫是猫！"说完，我不禁一阵大笑。感觉相当不错。我想，等我回到日本，不如就以此为题写一部小说吧！

后记

据世界各地的福尔摩斯迷令人折服的研究显示，夏洛克·福尔摩斯在其所在的全部六十部作品中，共计笑了二百九十二次。但许多研究者认为，这些都是压抑感情的窃笑，读者从未看到过他毫不掩饰的放声大笑。

在写这"第六十一个福尔摩斯探案故事"时，我有一件无论如何都想尝试的事情，那就是让福尔摩斯在第二百九十三次展露笑容的时候，可以放声大笑。但写作过程中太过投入，写着写着将此事忘到九霄云外，快到结尾时才突然想起来，于是就成了这样一个矫揉造作的东西。

另外，还有一件事必须在这里说明，那就是关于住在贝克街那位不太出名的克雷格老师的事（准确地说，克雷格老师的住址位于与贝克街平行的邻街，具体是格洛斯特广场五十五号 A 座）。

在漱石写于明治四十二年（公元一九〇九年）的《永日小品》中，有一篇精彩的短篇散文《克雷格老师》，从中可以看到克雷格老师后来的经历。在这里引用文章最后的部分。

"回到日本两年后，我在新到的文艺杂志上看到克雷格老师去世的报道，仅加注了两三行文字，介绍他是研究莎翁的专家学者。我放下杂志，心想难道那本《莎翁字典》最终没有完成，变成一堆废纸了？"

那些蓝色封面的笔记本如今身在何处呢？我想应该有人将它们和堆积在查令十字街诺克斯银行地下金库保险箱里的由华生执笔的事件记录资料一同公之于众。

另一方面，在写这个故事的过程中，一九八一年十一月十七日的《每日新闻》上刊登了一则报道，竟称康沃尔半岛尽头的兰兹角售卖出去了。据说买家是外国人。

回想起来，在福尔摩斯的时代，也就是维多利亚时代后期，大英帝国在全世界的各个角落都拥有殖民地，被称为"日不落帝国"。那时的伦敦人民英姿飒爽地穿着时髦的服装，昂首阔步走在装满煤气灯的大道上，有谁会想到今天这般日薄西山的境况呢？曾经的超级大国不仅失去了所有的海外殖民地，甚至连自己的领土都落入他国之手。

而现在，东方的魔术正在加重他们的忧虑。从夏目的祖国日本引进的性能优越的汽车和电视机，对他们来说简直就是东方的魔术。

如果福尔摩斯泉下有知，曾被华生称为与他的气质最相符的地方兰兹角已经被拍卖给外国人，他会如何评判呢？

福尔摩斯曾果断拒绝女王陛下赐予的爵士称号，或许他能预见到英国今日的没落。如果是这样的话，他大概会一言不发，只是露出嘲讽的笑容吧。这种笑，确实应该是那种压低声音的窃笑。

岛田庄司
一九八四年八月